AF397707

Vincenzo Padula

L'Orco

I.

O fanciulle, o fanciulle, o stregherelle,
    perchè io son vecchio, e voi perchè sì belle?
    Quando ero giovinetto, e aveva i denti,
    bizzarro l'occhio e cupo,
    le belle ragazze — fuggìano guai pazze
    e gridavan furenti:
    «O mamma, o mamma, chè passa il lupo».
O fanciulle, o fanciulle, o stregherelle,
    il vecchio lupo ora cangiò di pelle;
    e perciò mi ridete, mi spingete.
    Oh poveretto vecchio!
    Voi belle ragazze — mi fate le pazze,
    e una storia chiedete
    che vi stuzzichi, e stuzzichi l'orecchio.
O fanciulle, o fanciulle, o stregherelle,
    abbasso, abbasso alle manine belle.
    Non mi toccate, chè mi fate male.
    Son vecchio legno, ed ardo e mi consumo
    senza però dar fumo.
    Misera condizion d'ogni mortale!
    Iddio — dice un bel motto —
    a chi denti non ha manda il biscotto.
    «Il corpo è languido,
        ma vivo è il core:
        ho molto spirito,
        so far l'amore».
Così ad Amore che fuggiva, un vecchio,
    un vecchio come me.
Amor fermossi, gli tirò l'orecchio,
    e disse: «Oh tristo te!».
    «Tutte le femine,
        so giudicarne,
        odian lo spirito,
        aman la carne».
Ora o spirito, o carne che si sia,
    o donne, udite orsù la storia mia.

Vi ebbe una volta un Orco, il quale mai l'anno
    ricordare potea ch'egli era nato:
    come l'aride frondi che si stanno
    a mucchi appie' d'un platano indomato,
    mille etadi cadute a lui d'intorno
    erano, — ed egli ancor vedeva il giorno.
Ei nacque senza padre e senza madre
    o non sapeva almen di averne avuto.
    Le femine del mondo più leggiadre

3

innamorare mai lo avean potuto;
e nemico degli uomini e di Dio
viveva solo, senza alcun desio.
Misero! un dì tra gli angeli ribbelli
era caduto nella lor rovina.
D'angel perduto avea l'ali e i capelli,
e menare la vita pellegrina
fuori del Cielo e fuori dell'inferno
sulla terra doveva egli in eterno.
Un tempo se correa per la foresta,
di centenarie quercie in sulle cime
alta gli si vedea nuotar la testa
come negro avoltoio che va sublime;
ma al tempo, o donne, della storia mia
la sua statura a palmi tre salìa.
Chè ogni secolo un palmo recidea
da quella sua grandissima statura:
bellezza e forza non però perdea,
solo s'impicciolìa la sua figura;
e diventando infin quanto un granello,
sempre Orco era però, sempre era quello.
Ei morir non poteva, e della vita,
a noi cotanto cara, erasi stanco.
Di montagna, che avea brulla salita,
tenea un castello sul dirotto fianco,
ed intorno un giardin largo tre miglia
culto da lui con arte a meraviglia.
Era suo solo amor vagar per quello
quando in cielo sorgea bianco il mattino,
con la roncola allàto ed il sarchiello
ordinando il bellissimo giardino,
e mentre i numerosi alber potava
udite l'Orco che così cantava.

«Io sono l'Orco: la vecchia matta
con lo spavento del nome mio
addorme il pargolo che si racquatta
sotto le coltri con brividìo.
— Zitto! gli dice, mentre io ti corco,
zitto! vien l'Orco —.
O umana stirpe! per trarti al bene
non gratitudine vale, o ragione;
non vale l'utile che te ne viene,
valgon soltanto tema e bastone.
Nuovo carnefice, nuovo tiranno
volete ogni anno.
Per far buon frutto l'alber si pota;
e come io poto, pota voi Dio,
allor che avviene che lo riscuota
il clamor vostro fatto più rio.

Svegliasi, e dice: Gli uomini stolti
            bravo! son molti.
E in man togliendo la lunga ronca,
vi manda peste, vi manda guerra,
vi manda fame, vi tronca e tronca;
deserto e tomba fa della terra.
Voi bestemmiate; ma Egli ridenti
            vi mostra i denti.
Se mai mi prende, me che son Orco,
voglia di sbattere questo mantello
la sera a terra quando mi corco,
muojono i pulci che stanno in quello.
Ma a me che monta del lor lamento?
            Chi è spento è spento.
Ebbene! un logoro mantello è il mondo
in cui già un vecchio Dio si ravvolve:
la sera il quassa da capo a fondo,
così per vezzo, per tôr la polve.
Allor voi, uomini, che i pulci siete,
            ta! ta! cadete.
Poveri pulci! bene vi sta:
possa ogni seme n'esser finito!
Dei vostri affanni Dio che ne sa?
La sua pupilla va all'infinito.
Ma un pulce? un pulce?... Folle chi il crede;
            no, non lo vede.
Di me pertanto nulla paura,
uomini, abbiate: — l'Orco è innocente.
Se l'Orco fosse Dio per natura,
stato sarìasi meno imprudente:
o della vita vi avrei privato,
            o del peccato.
Per voi non sento nè odio, nè amore:
le vostre gioje pietà mi fanno,
e rido, e rido di tutto cuore
del pianto vostro, del vostro affanno.
Vili nel duolo, nei lieti eventi
            siete insolenti».

Così cantava l'Orco, ed ecco un'aura
            le nari gli toccò.
«Puzzo di carne umana!» ei disse subito
            e tacque e strarnutò.
Ed acceso di sdegno ecco che a correre
            si mise pel giardin,
voltando il viso contro i venti tepidi
            che seguono il mattin.
E ve' una donna, che dei piè levatasi
            in punta piano pian,
di lui spiccava le ciriegge rosee

con timidetta man.
Lei vide l'Orco — lui vid'ella, e 'l torbido
           sguardo come incontrò,
impallidì, cadde per terra esanime
           e i frutti rovesciò.
Ma per le sparse chiome egli afferratala,
           levolla in piedi, e «Orsù!
Nei miei frutti — dicea — malvaggia femina,
           qual dritto avevi tu?».

Si risentì la poverella, e tremole
           sotto il mento le palme accoppïando,
           le labbra aperse dal terror già livide,
           e disse sospirando:

«Orco mio, Orco mio,
           non per l'amor di Dio,
           non per l'amor di me che son malvaggia;
           ma per la creatura,
           che in sen mi si matura,
           nel terribile cor pietà ti caggia.
Sotto una scura stella
           nacqui io la poverella;
           vado pel mondo come il vento va;
           sono orfana e mendica,
           nè trovo chi mi dica
           di amore una parola o di bontà.
Un dì tergeva al fonte
           i lini — e a me di fronte
           un pastorello per parlar si assise.
           Udirlo a me non piacque,
           onde ei turbommi l'acque:
           io lamentar mi volli, ed egli rise.
Il vel dei miei capegli
           pendea alla siepe — ed egli
           tosto spiccollo e in tasca se lo mise,
           e pose invece di ello
           il suo ch'era più bello:
           io lamentar mi volli, ed egli rise.
Torcea dall'uscio schiuso
           della mia casa il fuso.
           Egli, passando, i rai sopra mi affise.
           Il fil franse e la cocca,
           mi fe' cader la rocca:
           io lamentar mi volli, ed egli rise.
Andai nel bosco, ed esso
           mi vide, e venne appresso:
           montò sugli elci, e i rami mi recise.
           Di schegge una tempesta
           facea cadermi in testa:

io lamentar mi volli, ed egli rise.
Vento si muove e pioggia,
        l'aria di lampi è roggia:
        tra due alberi allor meco si assise.
        Era il loco assai stretto,
        mi si appoggiò sul petto:
        io lamentar mi volli, ed egli rise.
D'acqua avea il crin molle;
        ei rasciugar mel volle,
        e tutto invece a scioglierlo si mise.
        Cadermelo disciolto
        fece sul seno e 'l volto.
        Io lamentar mi volli, ed egli rise.
Respingermi una ciocca
        finge dal petto — e tocca
        il viso intanto, e in sen la man mi mise.
        La gola mi si strinse,
        ed un languor mi vinse.
        Non potei lamentarmi, ed egli rise.
Intanto era il mio seno
        d'un'anima ripieno,
        d'un'anima sbocciata entro due baci.
        Nel villaggio natìo
        in breve mi vidi io
        scopo a mille sarcasmi acri e mordaci.
Fui maledetta, e 'l pondo
        ad occultar d'un mondo
        dove un angiolo bel fatto avea stanza
        io fui costretta — e incerto
        il piede nel deserto
        di queste selve a trar senza speranza.
Or come il delicato
        corpo del mio portato
        entro del corpo mio vive e si asconde,
        entro l'anima mia
        l'anima sua desìa,
        si chiude, pensa, vuol, parla e risponde.
Or da molto ella dice:
        — Mamma, sarò infelice
        se dei frutti dell'Orco io non ho un dono —.
        — Taci! angiol mio, le dico,
        l'Orco a tutti è nemico —;
        ed ella a replicar: — No, l'Orco è buono —.
Orco mio, Orco mio,
        non per l'amor di Dio,
        non per l'amor di me che son malvaggia;
        ma per la creatura
        che in sen mi si matura,
        nel terribile cor pietà ti caggia».

Sul manico del sarchio incrociò
        l'Orco le mani, e così replicò:

«Su quell'immenso ferrigno sasso,
che come il capo di Satanasso
da sotto terra negro si lancia,
va, o donna, e sbatti, sbatti la pancia.
Il picciol serpe che il sen ti allaccia
        uccidi e schiaccia.
Oh! se il medesimo saggio desìo
entrato fosse nel cor di Dio!
E quando gravido giacea del mondo
franto e sbattuto ne avesse il pondo,
o partorito lo avesse morto,
        felice aborto!
Va dunque, o donna: spegni quel mostro
che ti avvelena del seno il chiostro.
S'ei nasce femina, nasce al bordello
di marce vive fetido avello;
s'ei nasce maschio, donna, la gioja
        sarà del boia.
Ah! se, di amore nel caldo amplesso,
vostra è la gioja più viva di esso,
perchè ritrosa, arcana paura
a voi nel core spira Natura?
Vinte e per forza perchè cedete?
        perchè piangete?
Perché il villaggio, donna infelice,
come un obbrobrio ti maledice?
Ahimè! che il Mondo, Dio, la Natura,
tutti ti gridano: — E' una sventura,
una mal la vita! l'uomo concetto
        è maledetto! —
Ma che? tu tremi? Del furto rea
non sei tu, o donna, ma chi il chiedea.
Il tuo portato ch'ebbe desìo
dei tolti frutti dev'esser mio.
Se no... rammentati che l'Orco io sono:
        va... ti perdono».

Le man le sciolse dai capelli, e pallida
        la donna s'involò;
e giunta a casa, pel terror, per l'ansia
        cadde a terra, e figliò.
E nacque una bambina: avea una voglia
        di cirieggia nel sen;
vermiglio il viso qual cirieggia rosea,
        l'occhio grande e seren.
E lei a memoria dei rapiti frutti
        Ciriegina chiamò.

Nel vegnente mattin poi tutta trepida
        all'Orco la recò.
La prese l'Orco, — ed, «Io finor degli alberi
        coltivai la beltà.
Or — disse, coltivar voglio una femina,
        vedrem che ne uscirà».

II

O fanciulle, o fanciulle, o stregherelle,
    temete l'Orco voi che siete belle.
    Non andate mai sole alla campagna;
    ei cogliervi potrà dentro la ragna.
E allora?... Ei non è vecchio,
    non ha la mia bontà;
    nè dí tirarvi solo per l'orecchio
    sarà contento; ... ma...

Udiste poi come bestemmia, come
    avversario degli uomini e di Dio,
    di questo sempre maledice il nome,
    di veder quelli spenti ha in cor desìo?
Perdonatelo, o belle.
    Il poveretto ha sì malvagge voglie,
    chè Amor non mai gli riscaldò la pelle,
    e visse seimila anni senza moglie.
E lo sapete voi, che ti vuol dire
    non aver moglie allàto?
Ogni celibe visse in mezzo all'ire,
    o un eretico è stato.
Ma datemi a questo Orco una donzella,
    e poi state a vedere.
Ma intanto cresce Ciriegina bella
    dalle pupille nere.
Che ne avverrà? mi udite,
    ed il vostro poter, donne, sentite.
E Ciriegina giunse a quindici anni
    nutrita non di latte, ma di brina,
    che le farfalle recano sui vanni,
    e che l'Orco coglieale ogni mattina.
Ella succhiava i calici dei fiori,
    degli alberi le lacrime fragranti,
    bevea dell'alba i tepidi vapori
    e della sera l'aure mormoranti.
La faccia fresca, paffutella e pura
    il colore tenea della cirieggia,
    della quale, metà non ben matura
    imbianca tuttavia, metà rosseggia.
Un mazzetto credea veder di rose
    annodato da due vermigli nastri,
    chi vedea quelle due labbra amorose
    e quella bocca in cui si specchian gli astri.
Vi aleggia il riso come una farfalla,
    come un profumo l'alito ne uscìa,
    come querulo rivo che si avvalla

rompere la parola se ne udìa.
La carnagione sua come un velluto
    fremere si sentìa sotto del tatto,
    mandar come la seta un suono arguto;
    parea la spuma che si smaglia a un tratto.
Un'aura che rapito avea ai fiori
    mille fragranze e la freschezza ai rivi,
    al crepuscolo i tepidi colori,
    la morbidezza ai nuvoletti estivi,
un dì l'entrò nel seno, e 'l sen gonfiossi,
    poi in due globi gemelli si divise,
    ruote eburnee del carro, in cui locossi
    Amor sul fascio dei suoi dardi e rise.
«E' troppo bella! — dicea l'Orco — è bella!
    Oh come cresce ben l'erba cattiva!
    Ma eternamente mi sarai tu ancella».
    Bieco la sogguardava e poi partiva.
Era d'inverno, e la camicia calda
    con le sue mani indosso gli versò:
    quella mano il solletica, lo scalda;
    ebbe un brivido l'Orco e sospirò.
Poscia recando l'arabo legume,
    da odoriferi fumi annebbïata,
    dondolandosi tutta in suo costume,
    ridente comparìa come una Fata!
E mentre che mescea tenendo ad arco
    quelle dita che avean cinque pozzette,
    s'intese chiuso delle fauci il varco
    il povero Orco, ed un sospiro dette.
Piegò il bel collo, mentre gli porgea
    la tazza, e un lato del bel seno mostrò:
    di mano all'Orco il cucchiairin cadea,
    e l'occhio avidamente spalancò.
A raccoglierlo tosto ella s'inchina
    arco facendo della docil vita,
    larga quanto un anèl la cinturina
    mostrando, e nuda la gamba tornita.
Rizzossi sgambettando, e la beltade
    dei fianchi in curvo flutto tremolò:
    di mano all'Orco allor la tazza cade
    ed in mille frammenti si spezzò.
L'Orco era sulle braci: ebbe un pretesto
    e lei del danno rabbuffò con ira.
    Fermossi in tronco, volse l'occhio mesto —
    bassa l'Orco la voce e la rimira.
Ma in lacrime ecco ruppe la fanciulla,
    e cadde sul sofà col corpo affranto.
    Corse l'Orco atterrito, e disse: «E' nulla!
    E' nulla!» e le tergea coi baci il pianto.
Ma ella scosse la testa corrivetta,

e con la mano si coverse gli occhi:
la man le prende, tra le sue l'ha stretta,
e l'Orco, l'Orco allor cade in ginocchi.
«Oh! io l'amo, io l'amo, — disse l'Orco. Amore
mi ha confitto tre chiodi entro il cervello».
Poi si vide in ginocchio, ebbe rossore,
lasciò la donna e uscì fuor dal castello.

Uscì fuor del castello, andò nell'orto
con gli occhi accessi, con lo crin sconvolto,
sempre sbuffando,
sempre correndo,
siepi saltando,
rami infrangendo:
stanco alfin si fermò,
mestamente sorrise, e poi cantò.

«L'Orco in ginocchio? — Oh insania!
A una mortal creatura,
a una rejetta, a un'orfana,
ad una donna impura,
io che sdegnai di Dio
sommettermi al desìo,
io che sdegnai degli angioli
la compagnia fedel!».

E qui guardando il ciel
col pugno chiuso un albero percosse;
era un pin di cento anni, e 'l pin spezzosse.

«Io che da mille secoli
immobile rimiro
d'amore senza un palpito
gli èsser passarmi in giro;
che vidi i primi canti,
che feano gli astri amanti,
e della prima Femina
l'angelica bealtà».

E sì dicendo, già
con la man si battea l'immensa fronte,
contro d'un monte urtolla, e cadde il monte.

«Io ch'ò veduto i popoli
dai secoli travolti
entro l'obblìo discendere
con la bestemmia ai volti;
amor, bellezza e gloria
commettere alla storia
vana del nuovo secolo

che immemore passò».

[«Con stupor, con spavento]
   la prima Donna rimirâr dal Ciel
   gli Angiol beati:
   lasciâro il firmamento
   a Dio ribelli, ed il funereo vel
   squarciâr dei fati.
Lei vide l'uomo, — e morte
   e dolore, ed esilio, e povertà
   con lei si elesse,
   a patto che la sorte
   di goder quella fragile beltà
   anche si avesse».

Qui tacque l'Orco, e nel castel rientrò,
   e addormentata sopra del sofà
   la vaga Ciriegina ritrovò,
   ed ei stette a guardar tanta beltà.
«Come è tornita! ei disse: a quindici anni
   la donna è un pomo pien di succhi ardenti,
   un elastico globo dove i vanni
   chiuser mille di vita aure dormenti.
Ma l'uomo al petto se lo stringe, ed ecco
   scoppian quell'aure in gemiti e sospiri,
   e tra le braccia ahimé! pallido e secco
   quel fiore di bellezza avvien che miri.
Come è tornita! un solo giorno è bella
   la donna, un sol momento, una sol'ora;
   e se un angiolo allor la doppia stella
   dei rai ne incontra, un angelo l'adora».

III

«Invano allor tirarmi
  vorrai tu per l'orecchia.
  Addio, mia cara vecchia,
  tempo non è di amor».
Alle fanciulle ed alle stregherelle
  del dolce tempo mio così dicea.
  E' una lunga canzon: vi spiacque, o belle?
  ... Eh! non la canto come un dì solea.
Se la voce di allor... se la chitarra...
  «Ma taci, vecchio, eh via!
  — qui m'interruppe Ciriegina — e narra,
  narra la storia mia».

Già tien sedici anni la vaga fanciulla,
  nè più del giardino co' fior si trastulla;
  non più tra le siepi va i nidi cercando,
  nè segue l'uccello, nè l'aurea farfalla:
  ma sola soletta va seco parlando,
  ma spesso canticchia, ma spesso anche balla;
  o pure passeggia per loco romito.
  Voleva il marito — voleva il marito.
Sorgendo da desco va subito a letto,
  e quando sen leva, tien bianco l'aspetto.
  Se l'Orco l'appella, talora non sente,
  talor non capisce di quello il dimando;
  e fèrmasi in tronco, siccome per mente
  un altro pensiero le vada girando.
  Tien picciolo sonno, tien poco appetito.
  Voleva il marito — voleva il marito.
Mangia, e col coltello or un dito si taglia,
  or tesse la calza e le scappa la maglia.
  Or tien ciondoloni sul fianco la mano,
  in viso or ti appunta l'immota pupilla;
  traversa le stanze facendo un baccano;
  or senza cagione sta mesta, or tranquilla.
  Il naso si gratta sovvente col dito.
  Voleva il marito — voleva il marito.
Arriccia, se parla, le diafane nari:
  gli accenti ne sono sdegnosi e pur rari.
  Nel fulgido specchio sovvente si mira
  di fronte, di lato, poi ride soletta,
  poi torce le braccia, le incrocia e sospira;
  poi sopra la sedia, pensosa, si getta.
  Fa mille ricami, ma niuno è finito.
  Voleva il marito — voleva il marito.

14

«Sì! il marito tu vuoi!» dentro suo core
          un giorno disse l'Orco, e a sè chiamolla;
          la guatò con un palpito di amore;
          gli sedè quella allàto, ed ei baciolla.
Poi guardò il cielo, il bosco e la collina,
          poi si guardò le mani, e sospirò;
          prende la man di lei che sta vicina,
          si fece rosso in viso e favellò:
«Dimmi, fanciulla mia, fonte di amore,
          dimmi, se mi ami, o no».
Ella gli volse un guardo senza amore,
          e disse: «E perché no?».

«Nell'uomo, cui la femina
          devota adora ed ama,
          beltà, sapienza, e gloria,
          forza e ricchezza brama:
          sterili doni, o giovane,
          che qui si apprezzan tanto,
          che io spreggio; eppur soltanto
          li puoi trovare in me.
Sopra tre cose i secoli
          non lasciano orma alcuna,
          sul cielo, sull'oceano
          e su mia fronte bruna;
          in cui diffusa e immobile
          quella beltade istessa,
          che in cielo e in mar sta impressa,
          legger si può da te.
Questo che miri splendere
          nell'alto, eterno sole,
          sotto i miei piedi a tessere
          un dí venía carole.
          Dietro il potente fascino
          degli occhi miei ridenti
          correano gli astri ardenti,
          devoti prigionier.
Bello siccome un'estasi,
          bello siccome il Vero,
          bello siccome l'impeto
          del creätor pensiero;
          se visto avesser gli uomini
          le mie primiere piume,
          mi avrían creduto un Nume,
          e culto il mio poter».

«Dimmi, fanciulla mia, fonte di amore,
          dimmi, se mi ami, o no».
Ella gli volse un guardo senza amore,

e disse: «Non lo so».

«Ed io son mesto e misero
        perché so tutto — e nulla
        ad imparar piú restami;
        nè l'alma si trastulla
        l'indovinello a sciogliere
        della creäta mole:
        già l'ultime parole
        trovonne e disprezzò.
Cosí disprezza il tumido
        rumore del torrente,
        chi la primiera gocciola
        vide di sua sorgente;
        e a me pur noto è il tenue
        filo, di cui nel fondo,
        per crudo scherzo, il mondo
        un cieco Dio legò.
Quanto tu vedi ha un'anima,
        un pianto e una favella.
        Della tua stirpe gli uomini
        no, non intendon quella.
        Ma io chiamo l'astro e l'atomo
        col proprio nome antico,
        e ognun come un amico
        viene a parlar con me.
Ah! di sessanta secoli
        dentro la mente mia
        raccolsi la bestemmia,
        il vero e la bugia:
        e or questa fronte libera,
        su cui del Genio il Nume
        batte le accese piume,
        piegasi innanzi a te».

«Dimmi, fanciulla mia, fonte di amore,
        dimmi, se mi ami o no».
Ella gli volse un guardo senza amore,
        e disse: «Non lo so».

«Perché vedermi, o giovane,
        or non mi puoi, qual era
        quel dí che tutto fulgido
        di maëstà guerriera,
        nel guardo dell'Altissimo
        osai fissare il guardo,
        rapirgli il trono, e 'l dardo,
        che nella man gli sta?
del chiuso tabernacolo
        entrar nei sacri orrori,

fra gl'immortali eserciti
                avvolgermi, e gli ardori
                dei mondi, che cadeano
                sotto il pie' nostro — e in mille
                di cenere e faville
                nembi scioglieansi già —?
Io caddi, è ver: dal fulmine
                tremendo ed immortale
                ancor le membra fumano,
                ancor mi ardon le ale;
                ma tu conosci, o giovane,
                che non sempre la gloria
                stassi nella vittoria,
                nel perdere anche sta.
Sta nell'ardir — nell'arduo
                imprendimento! — ed io
                son grande, chè avversario
                di me sol degno è Dio.
                E or Dio mi ha vinto, or ch'umile
                adoro nel tuo viso
                i rai del paradiso,
                i rai di sua beltà».

«Dimmi, fanciulla mia, fonte di amore,
                dimmi, se mi ami, o no».
Ella chinò lo sguardo per terrore,
                e nulla replicò.

«Quante ha il terren dovizie
                nel sen cupo — inaccesso,
                son mie, son tue. se ascondermi
                vorrai dentro un amplesso.
                Chiedi del sol la clamide,
                chiedi alla notte il velo,
                chiedi le gemme ai cielo:
                quel che tu vuoi, sarà.
Al mio destino, o giovane,
                unisci il tuo. Vaganti
                eternamente, e liberi,
                liberi sempre e amanti
                trascorrerem lo spazio.
                Tutto, fuorchè l'amore,
                la vita ed il dolore,
                Iddio tôr ne potrà.
Abbrevieranno i secoli
                la mia, la tua figura:
                diventerem due gocciole
                di ruggiadetta pura,
                due raggi del crepuscolo,
                due aure palpitanti,

due atomi, ch'erranti
favellano di amor.
Dai fumiganti ruderi
degli ampii firmamenti,
come i due estremi gemiti
degli esseri morenti
emergerem: — lo spazio
allor fia tutto mio,
nel Vuoto io vuoto Dio
vivrò con teco allor».

«Dimmi, fanciulla mia, fonte di amore,
dimmi, se mi ami, o no».
Ella coverse il viso di rossore,
e disse: «Non lo so».

«Non lo sai?», disse l'Orco mestamente,
levossi in pie', nè più le stette accanto;
passeggiò pel giardino lentamente,
sospirò e parve confortarsi alquanto.
«E' ver, tu ancor no 'l sai, buona fanciulla,
— soggiunse poi — ma lo saprai tra poco:
troppo semplice è ancora, e non sa nulla,
ned è matura all'amoroso fuoco».

IV

O fanciulle, o fanciulle, o stregherelle!
  L'Orco sapeva il corso delle stelle;
  ma gli erano le donne affatto ignote.
  Dica di voi ciascuna, e non m'inganni,
  dica via mo', se donna esser mai puote
  semplice a sedici anni!
La donna nulla impara, eppur sa tutto;
  non ha scïenza, ma un fatale istinto;
  chè ella la prima della Scienza al frutto
  l'ardita mano nell'Edenne ha spinto.
  Lo porse all'uom; ma all'uom fe' nodo ín gola;
  perciò ei solo or va a scuola.
Semplice Ciriegina?
  L'Orco ha sessanta secoli sui panni;
  or vegga che sa far la semplicina
  che tiene sedici anni.

Un principino manieroso e bello,
  come nascer soleano ai tempi andati,
  andando a caccia, nel frondoso ostello
  si smarrì di alti boschi inabitati.
E camina, camina, ecco pervenne
  dell'Orco nostro nel fatal giardino.
  Stanco si assise, mentre colle penne
  un'aura gli scoteva il crin corvino.
Era un bel giovanetto. Estiva pesca
  pareva il viso colorito e bruno:
  dal labbro arguto par che il frizzo gli esca,
  e un dolce riso che non lede alcuno.
Nell'alta parte dell'oval sembiante
  ha del pensier l'altezza e la beltà;
  ma nelle rughe delle labbra, errante
  gli si legge un desìo di voluttà.
Come da lungi l'Orco ebbel veduto,
  corre, e bieco gli grida: «O sciagurato,
  perchè sei nel fatale orto venuto?
  Sorgi, e mi vieni prigioniero allàto».
E ben gli fu, che andonne prigioniero;
  chè egli ancor non sapea qual duro stallo
  la prigion fosse, ov'ei senza pensiero
  or questo condannava, or quel vassallo.
Umido, oscuro era quel loco; e dopo
  che attorno lo girò, sedette incerto:
  poscia l'acuto udì strillo del topo
  e lo ebbe qual compagno in quel diserto.
Passò una notte, lunga, insonne notte,

ed origlier gli fu gelido masso;
    dipoi da lieve luce vide rotte
    le sue tenèbre, 'l capo levò lasso.
Levò il capo, ed alto alto un fenestrino
    distinse, cui guernìa ferreo cancello;
    là sopra arrampicossi, e del mattino
    respirò la fragranza e 'l venticello.
Dava quel fenestrino in un cortile
    dall'alte mura del castel recinto,
    e rimpetto vedea loggia gentile
    con molti testi d'ogni fior dipinto.
Ed ei stette là immoto, e con affetto
    vedea la luce del nascente giorno
    agile caminar da tetto a tetto,
    da muro a muro di quel reo soggiorno.
Sola la loggia nell'incerto lume
    nuotava ancor dei mattinali albori;
    ma il sol di luce già vi versa un fiume,
    e illumina la loggia, i testi e i fiori.
Punta dai raggi, dal notturno amplesso
    sciolse ogni pianta il delicato ramo:
    stormîr le frondi, ed ogni fiore appresso
    si aprì, qual bocca che ti dica: «Io ti amo!»
quando tra piante e fiori, e tra la pura
    luce che piante e fior desta ed abbella,
    di donna apparve una gentil figura
    di luce, piante e fior molto più bella.
Bianca la gonna, verde il grembiuletto,
    ed il velo del seno ha porporino;
    nudo il capo, e di rose ha un bel mazzetto
    tra le trecce foggiate a canestrino.
Dagli orecchini, che moveansi come
    move il bel capo, uscìan lampi e faville,
    che mesceansi al fulgor delle sue chiome,
    che mesceansi al fulgor di sue pupille.
La non cammina, no; piuttosto vola,
    non vola no, ma in mezzo all'acre ondeggia;
    nel pie' brilla il coturno, onde s'invola
    soave un'armonia quando passeggia.
Ell'era Ciriegina. — Il giovanetto
    se la beve con gli occhi, e una paura,
    uno sgomento a quel femineo aspetto
    gli si stampa sull'avida figura.
Credea che fosse un angelo venuto
    di sua madre commosso alla preghiera,
    a trarlo di catene, e dargli ajuto,
    e che con gli atti gli dicesse: «Spera!».
Credeala un sogno, cui natura amante
    nel notturno riposo abbia sognato,
    di Ente novello immagine brillante

che aspettava da lei di esser creato.
Credea che un pensier fosse ed un desìo
        di amor, di giovinezza e di beltade,
        cui la notte nell'ora che morìo
        lasciò vagante sull'aeree strade.
Credea che fosse un nuvoletto bianco
        irradïato dall'avverso sole,
        che sopra le aure sostenendo il fianco
        traesse in alto la cangiante mole.
Ma la fanciulla poi che stette alquanto
        a inaffiar colla clessidra i fiori,
        certa di esser non vista, un mesto canto
        fe' volare dai suoi labbri canori.

1

«Oh perchè il calice
        d'un bel fiorello
        non si apre, ed èscene
        vago donzello?
nudo, e di brina
        tutto stillante,
        figlio dell'aura,
        figlio del sol?

        Per Ciriegina
        che ama, ed amante
        non ha tra gli uomini,
        oh! che consuol!
        oh! che consuol!

2

Piccolo, piccolo
        dentro un fioretto
        chiuso desidero
        quel giovanetto.
Sera e mattina
        l'avrei davante:
        la mia letizia
        saprìa Dio sol.

        Per Ciriegina
        che ama, ed amante
        non ha tra gli uomini,
        oh! che consuol!
        oh! che consuol!

3

Potrei tenermelo
            in dito e in bocca,
            or sulla cuffia,
            or sulla rocca,
or tra la fina
            treccia fragrante,
            sul guancial soffice,
            sotto il lenzuol!

            Per Ciriegina
            che ama, ed amante
            non ha tra gli uomini,
            oh! che consuol!
            oh! che consuol!

4

Piccolo, piccolo;
            ma poi vorrei
            che sotto il fulgere
            degli occhi miei,
qual pianta alpina,
            viril sembiante
            crescendo assumere
            potesse a vol.

            Per Ciriegina
            che ama, ed amante
            non ha tra gli uomini,
            oh! che consuol!
            oh! che consuol!

5

Di poi sciogliendosi
            dal seno mio,
            in fondo al calice
            del fior natio,
la piccolina
            forma cangiante
            andasse a chiudere
            col nuovo sol.

            Per Ciriegina
            che ama, ed amante
            non ha tra gli uomini,
            oh! che consuol!
            oh! che consuol!».

Cantò e disparve; e come chi mirato

per lungo ha il viso dell'occiduo sole,
    pel cielo il vede poi moltiplicato
    ora in color di aranci, or di viole:
così il garzon vedea vagare a nuoto
    sopra ogni oggetto quel femineo volto,
    e tuttor rimanea tacito, e immoto
    come per dare a quella voce ascolto.
Vaneggiò tutto giorno, e benedisse
    la solitudin sua, le sue catene;
    divenne lieto, e nel pensier si fisse
    di amare e posseder cotanto bene.
Venne la sera, e sulla loggia venne
    la giovinetta a vagheggiar la sera:
    sedè — sul pugno il viso si sostenne,
    e al cielo occidental volse la cera.
Le nuvole rossastre e vaporose,
    che stavan mollemente in ciel sospese,
    spargeano in viso a lei nembi di rose,
    e le sue vesti ne apparìano accese.
Guatava il sol cadente, e un vel leggiero
    di mesta pace le copria la fronte:
    tramontava col sole il suo pensiero,
    e cercava con lui nuovo orizzonte;
nuovo orizzonte e nuovo firmamento,
    nuovo mar, nuova terra, e gente nuova,
    laddove d'un amante udìa l'accento,
    d'un uom l'accento, che il suo amor le prova.
Ed ecco, come rosignuol che plora
    il dì che muore e la beltà che passa,
    disciolse un canto, un canto che innamora
    il principe con voce or alta, or bassa.

1

«Se un solo sguardo, se un sol sorriso
    di lei che amore nel cor mi desta,
    questa prigione qual paradiso
    splender facesse pel giovin re,
    la mia corona porrèile in testa,
    ed il mio core sotto il bel pie'!

2

Trono di avorio parmi il suo seno.
    Amor là siede con regia vesta.
    O amor, deh! scendi; se un giorno almeno
    ceder quel loco potessi a me,
    la mia corona porrèile in testa,
    ed il mio core sotto il bel pie'!

3

Brilla ed ondeggia come bandiera
        dei suoi capelli l'ampia foresta:
        ardisco vincere la terra intera
        s'ella la spiega dinnanzi a me.
        La mia corona porrèile in testa,
        ed il mio core sotto il bel pie'!

4

Trono di regi, trono è di spine;
        ma se a dividerlo meco si appresta,
        ella bellissima tra le regine,
        io felicissimo tra tutti i re:
        la mia corona porrèile in testa,
        ed il mio core sotto il bel pie'!

5

Canta, o divina! col dolce suono
        l'amor che io chiedo mi manifesta.
        Ai miei vassalli la grazia io dono,
        ma la mia grazia viene da te.
        La mia corona porrèile in testa,
        ed il mio core sotto il bel pie'!».

Qui tacque il prence; e di quel canto al pari
        che lento di eco in eco si perdea,
        la giovanetta a passi tardi e rari
        nella celletta sua si ritraea.
Nè si voltò per via col capo indietro,
        col bel capo sul quale il vel diffuse;
        solo ed alquanto dopo l'ampio vetro
        stette del suo balcone, e poi lo chiuse.
Venne col dì novello — e come i fiori
        timidamente ad allattar si mise,
        il giovin prigioniero apparve fuori,
        le rivolse un saluto, e le sorrise.
Gli omeri scosse come impaurita,
        e la clessidra dalle man sfuggille;
        guardollo a lungo — e l'alma indefinita
        e velata apparía sulle pupille.
Non rispose al saluto, e si ritrasse;
        poscia pentita che lo avea guardato,
        tornò di nuovo, e le pupille basse
        tenne, e 'l viso mostrò fiero e turbato.
La caduta clessidra ripigliossi,
        ma altra causa ad aver di altro ritorno,
        or d'un nastro, or d'un vel colà scordossi,

onde venne ed andò tutto quel giorno.
Venne, ed andò, nè mai mirollo in viso,
        ma folleggiò coi fiori oltre l'usato:
        a questo un detto, a quei dispensa un riso,
        riso, che avrebbe il Cielo invidiato.
Or un ne strappa e se lo mette in bocca,
        ne sfronda un altro, e se lo versa al piede,
        oltre l'orecchio una volubil ciocca
        or si respinge, e sempre fugge e riede.
Bella lepre così par che s'invole
        dal cacciator, ma torna al loco istesso;
        fa mille balzi e mille capriole,
        e vicina a morir gioca con esso.
Fuman le membra, si riacquatta in valle,
        vibra l'orecchia a scosse alterne e rade.
        Sparì! — ma no: del colle sulle spalle
        vola — del ventre mostra il bianco, e cade.
Un bel mattino, in mezzo ai fior seduta,
        come se non l'udisse e no 'l vedesse,
        mentre che il giovanetto la saluta
        si mise a canticchiar note dimesse.
E l'altro cantò ancor; ma ella fingea
        di non udirlo e proseguìa suo canto.
        Care astuzie di amor! Ma rispondea
        all'altrui note con sue note intanto.

1

«Di fiori ho una famiglia:
        lor madre esser mi piacque.
        I fior crescon con l'acque,
        larà, larà, larà».
E 'l giovine rispose:
        «Cresce coll'acqua il fiore
        e crescon più vezzose
        le donne coll'amore.
Amore è giardiniero;
        fiore è la verginella:
        tu diverrai più bella,
        se amor ti inaffierà».
Ed ella proseguìa:
        «Amor mi piace poco;
        i fior muojon col foco,
        larà, larà, larà».

2

«Ma dell'amor la fiamma
        foco è di estivo sole:
        esso colora e infiamma

le rose e le viole.
Per te sinor la vita
        fu la stagion di aprile:
        or la stagion gentile
        ti aspetta dell'està».
Ed ella proseguìa:
        «L'està non mai mi piacque,
        i fior crescon coll'acque,
        larà, larà, larà».

3

«Se i fior ti son sì cari,
        di me pur abbi amore:
        in questi luoghi amari
        sono appassito fiore.
Rifiorirei, se avessi
        il loco e la fortuna
        di quella viola bruna
        che sopra il sen ti sta».
Ed ella disse: «O viola,
        vanne, ti gitto a terra:
        a tutti i fior fo guerra,
        larà, larà, larà».

4

«O viola, io ti ringrazio;
        scovri così quel seno
        da cui l'occhio non sazio
        beve mortal veleno.
Un angolo novello
        del seno suo mi mostri,
        dove l'avorio agli ostri
        accresce la beltà».
Ed ella per dispetto
        meglio si chiuse il petto,
        e proseguì cantando
        «larà, larà, larà».

5

«Vergin superba e cruda,
        deh! pure il sen ti allaccia!
        Un dì verrà che nuda
        ti avrò tra queste braccia.
Se io ti amo, invan ti adiri,
        o finto è il tuo furore:
        il Cielo ha per l'amore
        creäta la beltà».

Ed ella porporino
            fe' il viso, e col piedino
            battè tre volte a terra,
            larà, larà larà.

6

«Se attorno i fior profondi
            ogni arte ed ogni amore,
            di', quante son le frondi
            del tuo più caro fiore?
Innanzi al Ciel lo giuro
            che diverrai mia moglie,
            se il numer delle foglie
            il labbro tuo dirà».
Ma ella le spalle volse
            e 'l labbro al riso sciolse,
            e s'involò cantando
            «larà, larà, larà».

E più non venne sulla loggia mai
            nell'ora che aspettarla egli solea,
            ma inaffiava i fiori allor che i rai
            non ancor il mattin bianco spandea.
E la clessidra vi lasciava spesso
            come argomento della sua venuta;
            per dispetto così diceva ad esso:
            «Vi sono stata, e tu non mi hai veduta».
Ardire il prence non però perdea,
            ed arte oppose ad arte, e gioco a gioco;
            più fuor non venne, nè cantò, ma stette
            chiuso del carcer suo nel muto loco.
E la fanciulla allor nell'ora usata,
            nulla curando il sol, nulla la pioggia,
            invan spiegò la voce innamorata,
            e tornò invano sulla cara loggia.
Correa, danzava sino all'aere bruno,
            gittava con fragor giù i testi a terra;
            ma invano! non udìa canto nessuno,
            nè vedeva colui che le fe' guerra.
Dolce malinconia le si cosparse
            allor sul viso verginale e bianco,
            volse gli sguardi verso il cielo, e pianse
            d'ira, di amore, e di pietà pur anco.
Di pietà; chè credea quel giovanetto
            egro forse in prigione e delirante.
            Attese sino a sera, uscì dal letto,
            e a visitarlo andò tutta tremante.

V

O fanciulle, o fanciulle, o stregherelle,
      perchè vi brillan gli occhi come stelle?
      Al mio racconto, Amore
      vi arde e martella il core.
      Amor? le fiamme tutte
      ben n'ebbi in petto; e quindi ne favello
      narrando a voi le lutte,
      e i cari giochi di suo regno bello.
      Lasso! qual pro'? son vecchio!
      Amor mi spinse fuor dai campi suoi,
      mi trasse per l'orecchio,
      e qui mi fe' sedere in mezzo a voi,
      sopra di questo antico
      ceppo di legno accanto al focolare,
      e «qui, mi disse, o mio povero amico,
      ora ch'è verno, mettiti a cantare».
      Abbondan le parole e 'l chiaccherìo
      quando il valor vien meno;
      guarda la gloria altrui, la tua finìo;
      se alte cose non puoi, scrivile almeno.
O fanciulle, o fanciulle, o stregherelle,
      ve 'l giuro per le stelle,
      Amore non ha torto. Amore è infante,
      grande così, non più grosso d'un pugno,
      e seco vuol l'età verde e festante,
      non pigro vecchio ch'à canuto il grugno.
      A lui piaccion gli scherzi e le moine,
      ed i finti dispetti, e alle gonnelle
      dona l'assalto infine
      con sole gherminelle.
      E 'l principino ben sapea lo stile
      dell'amorosa scola:
      vince spesso le donne una gentile
      ed arguta parola,
      che pensare le faccia e le tormenti
      quando solette sono:
      pigiano il suolo allor, stridono i denti,
      e giuran di non darti unqua perdono.
      Ama la donna, eppur si persuade
      ch'ella scherza soltanto
      e che innocente è il gioco.
      Finga l'amante allora, e semplicetto
      porgasi pure, e intanto
      si appressi a poco a poco.
      Se di comprender mostra
      ciò ch'ella non comprende, ovver no 'l vuole,

e s'invanisce di parerle astuto,
il misero è perduto.
Così non fece il principin, ned io
quando ero, oh rimembranza!
quando ero giovinetto, e sulla sera
ladro di amore percorrea le strade.
A riposarsi dal lavor diurno
ed a spirar delle nascenti stelle
il mite gel notturno,
sugli usci di lor case a gruppi a gruppi
stavan le stregherelle.
Ed io passando a questa il vel rapiva,
a quella il grembiale, un pizzicotto
dava al braccio d'un'altra, e poi tossiva,
e non faceva motto.
E allora quelle belle
stizzose stregherelle,
spiegazzando con ira il grembiulino,
esclamavano a coro, e senza frutto:
«To' il ladro! to' la forca! il malandrino,
lo scostumato, il brutto!».
Ed io? ed io ridea: poscia, il cappello
ben calcandomi in testa,
come non fosse fatto mio, bel bello
svignava in aria ipocrita e modesta.
Ma l'Orco, o Ituriele
(chè Ituriele è l'Orco,
e l'Orco è Ituriele), in fede mia,
non conoscea nè amor, nè cortesia.
Con tanta serietà
non si parla a una giovane beltà;
e però la perdette, e Ciriegina
se ne stette in prigion col suo diletto,
insino alla mattina.
Che dissero? O fanciulle, o stregherelle,
un bel racconto è come le mammelle,
che sembrano sì care,
perchè in parte si mostrano
e si celano in parte, e un palpitare
di vento che ne scuota il vel leggiero,
all'avido pensiero
che delle cose ama toccare il fondo,
fa indovinare di dolcezze un mondo;
e poi, in ogni storia dell'amore,
sol la storia ne piace
dei primi assalti che si danno a un core.
Toccata la vittoria,
si scema il desiderio,
ed il racconto ne diventa serio.
Da quanto a dir mi accingo

saprete che colei col giovanetto
altro non combinò che un bel progetto;
ed i progetti piaccion alle belle,
alle fanciulle, ed alle stregherelle.

S'imbianca il ciel, la terra si ridesta,
        e metà nuda in mezzo all'ombre appare:
        mormora e scuote la selva la cresta
        in suon che pianto di esul spirto pare;
        il pàsser vola in quella parte e in questa
        sui balconi dell'Orco, e in suo cantare
        par che gli dica: «O angel pellegrino,
        svegliati, al tuo cas tel batte il mattino».
E l'Orco si risveglia. Un tempo (ahi fera
        rimembranza che il cor gli ange e martella!
        in grembo a rosea nuvola leggiera
        ei riposava la persona bella.
        Metà della volante capigliera
        fluìa qual rivo di auro oltre di quella,
        e or trasparìa la fronte, or un ardente
        lembo dell'ali e 'l braccio in giù cadente.
Volava quella nuvola, e le care
        alme del cielo, a un'infinita altezza,
        sui loro capi la vedean rotare
        sospinta in alto da perenne brezza,
        in Dio poscia tuffarsi e dentro il mare
        scomparire di Lui con santa ebbrezza,
        emerger quindi, e scuoter dai capelli
        lampi, spume di luce, ed astri belli.
Come un nascente mondo che divide
        l'umido seno del nativo Nulla,
        e si mostra a metade, e splende e ride
        tra i veli avvolto della fosca culla,
        tale la sua pupilla arder si vide
        mentre in estasi cara egli si culla,
        e che sospeso ai rai del divin sole
        da globo a globo giù facea carole.
Così bello era un tempo; ma da quando
        ribelle il guardo osò fissare in Dio,
        tonando, traballando, fulminando
        sotto i piedi di lui lo ciel si aprìo;
        ed ei giù per lo spazio rotolando
        qual sole estinto lungo tempo giò,
        che tuttavia fumeggi, e un solco lassi
        di cenere e di orror dietro i suoi passi.
Fugli raso dal fronte il prisco nome,
        e 'l lustro antico dai sembianti belli:
        prive di serto caddergli le chiome
        giù per le spalle in palpitanti anelli;
        e al lor contatto abbrividì, siccome

fossero di serpenti aspri flagelli,
    che gravi del divino odio implacando
    i fianchi gli sferzassero fischiando.
Pur la gloria perduta, e 'l paradiso
    e ogni altra gioja obblia quell'infelice,
    quando di Ciriegina il vago viso
    a lui dappresso vagheggiar gli lice.
    Il lampo di quegli occhi ed il sorriso
    dall'irto petto ogni dolor gli elice:
    l'avido sguardo sopra lei raggira,
    e un'imago del cielo in essa mira.
Prigioniero così mette ogni amore
    nel fil di erbetta che spuntò tra i sassi
    della carcer tra 'l bujo e l'umidore,
    e veglia sopra lei con gli occhi bassi.
    Tutto egli obblia, mentre ne aspetta il fiore,
    cui nato a contemplare avido stassi;
    chè in esso vede ogni suo bene immerso,
    la famiglia, la patria e l'universo.
Ma l'Orco intanto è desto, e col mattino
    apparir la fanciulla ancor non vede,
    del serico ed arguto grembiulino
    il fruscìo, qual soleva, ancor no 'l fiede.
    Ei l'appella più volte, e invan vicino
    il suon del noto passo udir già crede.
    Ira e timore l'alma gli trabalza
    e fuor dal letto immantinente balza.
Balza, e 'l vasto castel tutto rifruga,
    ma alcun non trova in quella parte e in questa:
    indizio certo di recente fuga
    del prence la prigion gli manifesta.
    Sosta e 'l sudore colla man si asciuga
    che freddo sulla fronte or gli si arresta;
    gli rimane a cercar di lei la stanza,
    e là tremante e pallido si avanza.
Tre volte, quattro e sei colà si spinge,
    poi sta sull'uscio e proseguir non tenta;
    là di trovarla ei crede o creder finge,
    e sua speranza di accertar paventa.
    Pur entra alfine, e nuda ahi! gli si pinge
    la stanza al guardo che d'intorno avventa.
    Non pensò, non parlò, ma un infinito
    dal sen selvoso uscì di duol ruggito.
Sugli origlieri del virgineo letto
    su cui, senza spogliar la nobil vesta,
    in quella notte di ansia e di sospetto
    posato ella per poco avea la testa,
    morbida impronta di quel caro aspetto
    vide una concava orma. Ed ei si arresta
    a contemplarla, e poi con amorose

ardenti labbra un bacio vi depose.
Sul capo gli pendeva in gabbia chiuso,
        un dì sua preda e dono, un cardellino,
        ch'educato da lei con gentil uso
        scordato il prisco avea vivere alpino:
        coll'ali aperte e col rostro dischiuso
        sull'omer le volava alabastrino;
        di lei nel pugno prendea l'esca, e ardito
        mordeale il labbro e 'l provocante dito.
Ed ora egli lo guarda, e addolorato
        poi che il vide celare il capo bello
        sottesso l'ali, immoto e rabbuffato,
        si commosse e gridò: «Povero augello!
        Piangi tu pur? te pure ella ha lasciato?
        Soli or restammo in questo tristo ostello?
        Deh! parla, parla, buona cardellina,
        dammi novelle tu di Ciriegina».

        Sciorinò un'ala, distese il collo,
                tre volte attorno si raggirò;
                col piè grattossi la pinta testa,
                quindi il cardello così cantò:

                «*Zivè! Zivè! Zivè!*»
                la giovane non ci è.
        Tutta pensosa ier sera
                pianse, ma, quando ahimè!
                la notte era più nera,
                partissi, *zipepè!*
                L'amante la seguìo,
                zicolìo! zicolìo!
        Amava essa gli augelli
                amava udir *zivè*,
                ma gli volea più belli,
                più grandi assai di me;
                or pago ha il suo desio
                e fa *Titirri! zio!*».

«Ahimè! soggiunse l'Orco, se di lei
        stato non fossi un dì delizia e cura,
        uccello traditor, ti ucciderei,
        te prima fonte della mia sciagura.
        Con acuti perchè canori omei
        non mi hai svegliato nella notte oscura?
        Perchè non hai gridato: — o Signor mio?»
        e l'uccello rispose: «*Zicolio!*».
E frettoloso nel giardin discese
        risoluto a seguir quei due fuggenti;
        corre e vede una vite che distese
        le torte a un olmo avea braccia cadenti.

Oh quante volte a quell'ombra cortese
nell'estive del giorno ore più ardenti,
tra i pampini nascoso, il sonno avea
vagheggiato di lei che ivi giacea!
Facea solecchio d'una mano agli occhi,
languida le cadea l'altra sul seno;
levato ad arco aveva un dei ginocchi,
molle stendeasi l'altro in sul terreno;
parea che l'uva che pendea le scocchi
di rubini un baglior sul viso ameno,
mentre scossa dall'aura la trapunta
gonna scoprìa del pie' la rosea punta.
Ed or quei giorni, e quella cara vista
rimembra l'infelice, e «Se lontano
dell'acuta gragnuola che ti attrista
tenni sempre da te l'urto villano;
se in acre amplesso all'olmo tuo commista
d'uve vermiglie non ti intrecci invano,
deh! parla — ei dice —, o vite porporina:
dammi novelle tu di Ciriegina».

Stormîro i pampini, sciolse i caprèoli,
coi suoi mille occhi poi lacrimò;
quindi dei tralci dai vuoti calami
come di flauto tal suon mandò.

«L'ho veduta mesta mesta
seguitare un giovanetto;
spesso indietro colla testa
si rivolse e lacrimò;
ma il garzone al mio cospetto
le sorrise e poi parlò.
— Mira, o cara, come abbraccia
quella vite il suo consorte
colle chiome, colle braccia
cui feconde Iddio le fe';
amor mio, questa è la sorte
ch'anche il Ciel serbò per te.
Sei spigliata, sei leggiera
come palmite fragrante
l'occhio è un grano d'uva nera
lacrimato dal mattin,
la tua bocca è inebriante,
rubiconda come il vin.
Vieni dunque: a me ti appoggia,
pommi il braccio appresso al core:
nel sereno, nella pioggia
mi avrai sempre accanto a te;
parierem del nostro amore,
della nostra eterna fè! —.

Così disse, e 'l braccio a un tratto
        porse a lui la giovinetta;
        così bella era in quell'atto,
        ci commosse il cor così,
        che io coll'olmo mi son stretta,
        ei più stretto a me si unì».

«Ah! sian divisi! — gridò l'Orco — come
        or voi divido». — E in questo dire infranse
        l'olmo e la vite, che le tronche chiome
        vide rimase sul compagno e pianse;
        di amor, di gelosia sotto le some
        ei smania intanto, e le sue pene fànse
        più acerbe ad ogni passo allor che trova
        delle sventure sue novella prova.
Con quel furor, con quella vigoria
        onde pugnò tra gli angeli ribelli,
        a salti, a salti egli spaccia la via,
        scavalca monti, burroni e ruscelli.
        Così diviso l'äere si udìa
        fremer violento in mezzo ai suoi capelli,
        che come nebbia sbattuta sul monte
        mille forme prendean sulla sua fronte.
Come due nere nubi che si aprendo
        il lampo scaturir fanno dal seno,
        si apron così le sue palpèbre, e orrendo
        è quel che n'esce di furor baleno.
        «Raggiungerolli, ei dice, Ultor tremendo;
        del sangue loro spargerò il terreno».
        Spicca un salto d'un miglio, e in valle piomba,
        qual sasso spinto da fischiante fromba.
In valle piomba, e nel cadere il piede
        sentesi offeso da maligna spina;
        torce la fronte, ed un rosajo vede
        a cui serto di gemme il capo inchina.
        Bene è tristo il pensier ch'allor lo fiede,
        le braccia incrocia, il mento vi declina,
        e sta come chi coglie un'armonia,
        che lenta si discosta e vola via.
Ed era un'armonia di rimembranze
        che lo chiamano a un tempo assai lontano,
        ch'ella piccina uscì dalle sue stanze
        e in quelle rose si scalfì la mano.
        Pargli d'udire ancor sue dolci istanze,
        il suo grido infantile e subitano,
        quando dicea con viso sbigottito:
        «Orco mio, Orco mio, succiami il dito!».
Ed egli allora il divin labbro a quella
        viva neve tremando avvicinava,
        e suggere credea l'ambrosia bella

che in fondo ai fiori nati in Ciel libava.
Ora è questo il pensier che lo martella
e che dal petto un gemito gli cava;
«O dei fior, dice poi, vaga regina,
dammi novelle tu di Ciriegina».

La boccia ruppero bottoni mille,
     le vermigliuzze labbra mostrâr;
     dai puri calici fragranti stille
     piovver di nettare, poscia cantâr.

    «Soffulta al braccio
        del caro amante
        venne anelante
        la vergine.
Volgean pupille
        tenere ed ebbre,
        come per febbre
        tremavano.
L'un l'altra guata,
        l'un l'altra spinge,
        rossor gli pinge,
        poi ridono.
Spiccò una rosa
        quel giovanetto,
        a lei sul petto
        composela.
Poscia con voce
        disse amorosa,
        — Certo è la rosa
        bellissima!
Ma è assai più bella
        quella tua bocca,
        là amor trabocca
        i balsami.
Sopra la rosa
        va la farfalla,
        vi gioca e balla
        volubile.
Avida sugge
        l'accolto odore,
        poi chiusa muore
        nel calice.
Soave morte!
        languir beato!
        Insetto aurato,
        t'invidio.
Ah! di tua bocca
        due baci soli
        fa ch'io t'involi

dai petali —.
Ella sdegnossi
        tentando il braccio
        dal caro laccio
        disciogliere.
Ma più si appressa
        mentre il respinge;
        egli la stringe
        e baciala».

Come per scatto di una molla ascosa
        in terra sotto il suo piede immortale,
        die' l'Orco un salto, e in guisa assai pietosa
        le tempie e 'l viso si battè con l'ale.
        «Un bacio!» ei grida, e in questo dir la rosa
        atterra e sfronda, e in alto poi risale;
        ogni ostacol che incontra urta e calpesta,
        e tutta quanta trema la foresta.
Nella nebbia che lenta si dissolve
        dal seno delle valli e dei burrati,
        come in immensa clamide si avvolve
        e del vento i sentier tratta intentati.
        Di suo aereo mantello l'aura solve
        ad ora ad ora i lembi interminati,
        disvelando di lui l'occhio che splende,
        qual lampo che sinuoso i nembi intende.
Si apre la selva al formidato passo,
        e quinci e quindi l'ardua vetta inchina,
        chiudesi dietro a lui poi con fracasso,
        e l'eco ne raddoppia la rovina.
        Così volando, gira il guardo abbasso,
        e vago di novelle si avvicina,
        dove un giardin di agrumi il cielo empìa
        di orezzo, di fragranza e di armonia.
Ivi colei si piacque al tempo antico
        pensierosa del dì filar lunghe ore,
        come una ninfa del bel tempo antico
        che, in un momento di estasi e di amore,
        per tutti i pori del corpo pudico
        respiravan del creato il vario odore,
        le bellezze del cielo, e le gioconde
        aure del mare, e divenìan feconde.
Colà si volge, e dove ergere vede
        un pallido limon suoi frutti di auro,
        sosta come uom che chiama altrui mercede,
        o un detto almeno che gli dia ristauro:
        «E deh! — gli dice poi — se a te concede
        il Ciel di frutti e fior ricco tesauro,
        parla, o pianta gentile e pellegrina,
        dammi novelle tu di Ciriegina».

Sugli spinosi rami odorosi
      lieve l'un pomo l'altro percosse
      quai globi musici; quindi una tenera
      voce sull'aure volò commossa.

           «Stanco per la lunga via
                  un uom qui si ristà
                  con lei che lo seguìa,
                  poi sì favella:
     — Belli di fuori e cari
                  sono quei pomi; ma
                  di dentro han succhi amari,
                  anima bella.

     Pomi simili a questi
                  Iddio pur collocò
                  amabili e funesti
                  a donna in seno.
     L'uomo che nasce intanto
                  colà si abbrevra, — ed oh!
                  bee della vita il pianto
                  ed il veleno.

     Ma fatto adulto poi
                  vi corre e trova là
                  per tutti i mali suoi
                  conforto estremo.
     Lascia che qui io posi
                  il viso, o mia beltà;
                  poscia più vigorosi
                  incederemo —.

Ed ella: ...». «Ah non seguir!» lo sventurato
      Orco esclamò, ma con sì fioco accento,
      che lo spirto vitale in lui gelato
      parve o dal cor fuggito in quel momento.
      E' pallido, e di fuori appar placato
      pel troppo duolo che lo cuoce drento;
      franger vorrìa quell'albero, ma stanco
      sente il braccio cadersi sopra il fianco.
Pur segue, ed ecco a lui castagno annoso
      che, come aurata cupola sospesa
      sopra nero pilòn, spiega pomposo
      di biondi ricci clamide distesa.
      Simile al suon dell'organo maestoso
      che romba tra le volte d'una chiesa,
      tale il vento fremea, mettendo un lagno
      nel cono tenebroso del castagno.
E l'infelice udì quel lagno, e grato

abbracciare volea quell'alber pio,
che gli pareva piangere, e turbato
fremer sui casi del destin suo rio.
Umil si accosta, e dice: «Albero amato!
Tu che compàti all'infortunio mio,
vedesti la mia Ciri...» e qui le chiome
scosse, nè proferir potè quel nome.

Con quel lamento l'alber risponde
onde all'autunno l'aride fronde
l'una appo l'altra consegna al suolo,
mentre che il vento le leva a volo.

«Ho inteso dolci accenti,
ah! dolci assai;
care repulse poi, dolci lamenti,
ed io spiai!
Surse ei da terra ed ella
restò pensosa,
seduta a pie' di lui come un'ancella,
come una sposa».

No, che il tremuoto mai quando si desta
dal suo letto di zolfi e di bitumi
e sollevando l'ebbra, incerta testa
fa che il terren vampeggi e 'l mare fumi,
quando delle città che urta e calpesta
semina il cener bianco ed i frantumi,
certo che non solleva urlo maggiore
di quel che all'Orco allora uscì dal core.
Piomba sul viso, e si riman confitto
là sul terreno, e nella polve impura
ei che orgoglioso al suo Signore invitto
sdegnò chinar la fronte alta e sicura.
I fuggenti inseguir non può l'afflitto,
nè vuol, poichè compiuta è sua sventura,
e che su quel terreno altri ha carpito
il fiore ch'egli avea per sè nutrito.
Intanto qual corona verginale
rotta e svelta alla fronte di donzella,
rosate nubi del mattin sull'ale
vanno pel cielo in questa parte e in quella.
Dalla crocea collina orientale
il sol si affaccia con sembianza bella;
incede dietro il bosco, e pare il bosco
preso da incendio rosseggiante e fosco.
Si leva sopra il bosco, e tra le cime
che quinci e quindi con fragor rigetta
pare naviglio bel che va sublime
e si alza e bassa di un maroso in vetta;

che men rutilo e grande indi si adime
pare e costeggia nuda collinetta,
sopra i cui lisci fianchi a poco a poco
rotola, ed uno appar globo di foco
Giunge alla cima, e più serena e immota
quivi la faccia sua par che divente;
vòlvesi attorno qual pavon che ruota
dell'ampia coda il baldacchin fulgente;
quando ammirando non discosto nota
l'Orco per terra immobile e giacente,
sosta e distorna dai sembianti belli
di qua e di là i prolissi aurei capelli.
Poi con suono di voce ch'esprimea
meraviglia e dolor commisti insieme,
«Ituriele! Ituriel! — dicea —
sorgi, fratello mio; qual duol ti preme?».
Il misero a colui non rispondea
e sembrava lottar coll'ore estreme,
poi lento levò il capo, e mostrò il volto
sformato e nelle lacrime ravvolto.
«Tu piangi, tu?» soggiunse il Sole, e 'l viso
alta pietà gli avvien che annebbii e cangi,
«tu che con ciglio asciutto un paradiso
ed un cielo hai perduto, ora tu piangi?
Così, così dal tuo valor diviso
or sei, che contro i mali il cor ti frangi?
Vedi: son tristo anch'io; pure giocondo
imperator del dí mi appella il mondo».
E l'Orco a lui: «Son terra! ah perchè mai
non può sciogliersi in terra il corpo mio?
Piú del Ciel, piú del regno io persi assai
quando ho perso colei ch'amai qual Dio.
Fratello! Ella è fuggita. Ah! tu non sai
quanto ci affanni il tradimento rio,
l'ingratitudin di gentil persona
che immemore ed ingrata ci abbandona».
E 'l Sole: «Fratel mio, la colpa è pena,
e col suo stesso fallo altri è punito.
Ricorda i dì trascorsi, il pianto affrena,
tu fosti traditore, or sei tradito:
lo fummo entrambi, e dritto ei fu che appena
ci segnò quai ribelli il divin dito,
gli esseri tutti a noi fossero ingrati,
a noi nemici a Lui, che gli ha creati».
«Ben dici!» egli risponde, e 'l capo atterra
qual pria da nuovo duol vinto ed affranto,
poscia di nuovo lo levò da terra
esclamando: «E pur io l'amava tanto!
Io la feci sì bella! io dalla guerra
degli anni immune! io le concessi il van[to]

di eterna giovinezza! Io mi scordai
di me cosí!... Fratello, io l'odorai».
Sospirò il Sole e disse: «E Dio concesso
forse molto di piú non ebbe a noi?
Ei ne die' vita nel momento istesso
con un raggio il più bel dei raggi suoi.
Nascemmo uniti, e l'uno all'altro appresso
ci ritrovammo, e tu membrar lo puoi,
quando Egli ci sorrise, ed infinita
in quel sorriso suo bevvi la vita.
Dell'alma pargoletta il primo moto
fu a Lui; senza saperlo a Lui sospinta,
il suo primo pensier fu quell'ignoto,
fu quell'immenso a cui sentìasi avvinta.
Poscia in sè stessa rigirossi, e noto
le fu il tesor di grazie ond'era cinta;
l'intelligenza sua, lo suo splendore
sentì, conobbe e palpitò di amore.
Poi mi volsi d'intorno, e non lontano
te rimirando insiem con me creato,
ti sorrisi, ti amai, ti diei la mano,
lume a lume mescendo, e fiato a fiato.
Nostro padre era Dio, nostro sovrano,
di tanti doni pur ci avea colmato;
eppure, o Ituriele, obbliar lo puoi?
questo re, questo padre odiammo noi!».
Qui si tacquero entrambi, e lento lento
l'uno dall'altro si scostò col viso,
l'uno dell'altro aver parea spavento,
esiliati ambedue dal paradiso.
Il Sol girava l'occhio al firmamento,
l'Orco il tenea sopra la terra affiso,
e chiudendo il pensier nel proprio duolo
a ciascuno parea d'esser là solo.
Alfin come uom che seco pensa e parla
l'Orco esclamò: «Più di essermi consorte
non merta, indegna è già; ma tormentarla
vorrei, sempre vorrei nè darle morte;
averla presso eternamente, farla
pentir ma inutilmente e ognor più forte,
mostrarle il ben perduto, e dirle ognora:
— non ti voglio più mia, ma ti amo ancora! — ».
Il Sol lo intese, e come un gran pensiero
eccitassero in lui quelle parole,
a lui rivolto disse: «E' vero, è vero;
tradito amante sì discorrer suole.
Ei prova insiem vendetta e amor sincero,
e giusti entrambi! Ed Ei che tanta mole
ne impose di tormenti, anch'Egli brama
vendicarsi in eterno, e insiem pur ci ama».

«No! possibil non è — con duolo e sdegno
    l'Orco esclamò —; gli è ver che in petto mio
    vendetta e amore stanno insiem, ma degno
    è dell'inferno quel che provo or io.
    E' un orrendo contrasto, orrendo a segno
    che infelice ne fora anch'esso Dio,
    e Dio... ma Dio dev'essere in eterno
    felice, finchè dura il nostro inferno».
E qui tacquer di nuovo, e stetter come
    due amici cui rimorde il fallo stesso:
    schivano entrambi di chiamarsi a nome,
    e d'incontrarsi con lo sguardo oppresso.
    Questi da quegli si scostò, siccome
    l'Eterno in mezzo a lor si fosse messo;
    l'uno di qua, di là l'altro partìo,
    e separarsi senza dirsi addio!

VI

O fanciulle, o fanciulle, o stregherelle,
    questa vostra pietà vi fa più belle.
    Me pur commove il crudo
    destin dell'Orco, ed alta in cor mi abbonda
    l'ira contro di lei, che d'un mortale
    agli amplessi si piacque,
    sdegnando un Immortale,
    che umile a pie' le giacque.
    Pure l'animo mio non resta vinto
    da nulla meraviglia:
    sentenza antica vuol che per istinto
    la donna vede il bene, e al mal si appiglia.
    E ciò s'è vero, mi conforta un poco,
    che forse voi, di amor lucidi specchi,
    dure dei giovanetti al caldo foto,
    vi appiglierete a noi poveri vecchi.
    Deh! fatelo, per Dio; chè tosto liete
    di noi vi chiamerete.
    Amor di vecchio è rabbia, è incendio. Un piede
    mentre ei pon nell'avello,
    fermasi alquanto sopra l'altro, e vede
    avidamente della vita il bello.
    E 'l bello della vita che gli fugge
    in voi lo vede accolto, e con amore
    a voi si volge trepidando, e sugge
    e sugge, e sugge e sugge insin che muore.
    Ma almen muore contento,
    e 'l Ciel porravvi sì bell'opra a merto,
    chè andar lo fate a Dio senza lamento
    fuor da questo deserto.
Ma, o fanciulle, o fanciulle, o stregherelle,
    lasso! per me non son le cose belle.
    Gran peccator son io,
    nè merto avere nessun ben di Dio.
    Peccatore era l'Orco,
    ribel, nemico al Ciel, scomunicato;
    perciò colei gli disse: «Io non mi corco,
    non mi corco con te, muso dannato».
    Il principino poi
    erasi un buon cristiano,
    onde bassando i begli occhietti suoi,
    gli disse: «Io ti amo!» e porsegli la mano.
    Ahimè! tutto quaggiuso
    è fatto ed è disposto per gli eletti,
    ed a noi maledetti sempre tocca
    tenèr chiusa la bocca, e asciutto il muso.

Perchè, perchè credete
che non si trovin più le belle donne,
le mogli sagge, fide e mansuete,
e quei mariti ch'erano colonne?
E' chiara la ragione, e ognun la vede,
tutto avviene, perchè non ci è più fede.
Al contrario, gli antichi patriarchi
perchè erano di noi meglio credenti,
di mille anni sebbene e mille carchi,
pur non perdeano i denti;
e aveano dieci e venti
giovani mogli, e tutte n'eran liete,
e dopo i mesi nove
(oh che forze! oh che prove!)
vedeansi attorno correre qua, e là
quaranta bimbi che dicean papà!
Oh! fanciulle, o fanciulle, o stregherelle,
e che vi giova l'esser nate belle?
In quell'età felice, a dire il vero,
mettea conto per voi sortir la cuna,
e non tra noi, tra noi, che (oh vitupero!)
non bastiam per una.
Ma perdonate, perdonate, o care,
torno la storia mia, torno a contare.

Intanto gli amanti sparìano fuggenti
per boschi, per campi, per rive ridenti.
Siccome una frotta dei dolci trasporti,
dei folli pensieri di giovane età,
d'innanzi al lor passo per prati e per orti
spauriti gli augelli volavan qua, là.
Fuggìano veloci siccome due rivi
che mescono in valle gli argenti lor vivi,
che s'urtano e lèvansi, e sotto un pudico
lenzuolo di spuma nascondon l'amor,
dei baci scambievoli il murmure amico,
mentre uno nel braccio dell'altro si muor.
Fuggivano i monti lor dietro le spalle
mescendosi al verde dell'umili valli,
calando le cime, sparendo pian piano
siccome memoria di labile età,
siccome saluto di amico lontano,
siccome ricordo dell'Orco che sta.
Ed ora pianure vedevansi innanze
immense siccome le loro speranze,
ed ora due monti che come giganti
parevan levarsi l'un l'altro a baciar,
tra cui, come i secoli irosi e mugghianti,
vedevansi i flutti d'un fiume passar.
E 'l giovan la donna togliendo in ispalla

lo varca animoso, nè cade o traballa,
intanto che quella con dolce paura
lo piglia pel collo con tenera man,
e chiusa i begli occhi par bianca figura
di sogno piovuto da cielo lontan.
E corron di nuovo per selci pungenti,
per bronchi che addentan lor vesti fluenti.
Il vento dell'uno rapisce il cappello,
dell'altra il coturno s'invola dal pie';
ma ridono entrambi di questo e di quello
seguendo il sentiero che chiamali a sè.
Correte, o felici, l'un l'altro vicino:
dell'uom, della donna pur questo è il destino.
Nel fosco deserto che vita si chiama
immemor di padre, di suora o fratel
s'inseguon l'un l'altro con trepida brama,
e cadono stanchi vicino all'avel.
Ed ecco un bel colle, sul colle un paese,
e loro a parere son prime le chiese,
che levano in alto le brune campane
quai spettri di morte sull'umil città:
annuncian la sera dicendo: «Domane!
Domane! Domane! Chi mai lo vedrà?».
Il sol che tramonta sui piani e sui campi
dardeggia gli estremi suoi funebri lampi.
Foriera di notte si avanza la stella
cantando: «O mortali, l'amor, che costà
siccome per vento gentile fiammella
si spegne con gli anni, riprendesi qua».

«Vedi il paese mio, vedi la reggia»,
disse il principe allora a Ciriegina
che stavagli vicina.
«Di quel poggiuolo appie' che si vagheggia
nella soggetta fonte
coll'alberata fronte,
tu mi aspetta, o gentile: entrar non dèi
qual povera e straniera
nella mia reggia altera.
Coi miei soldati, con gli amici miei
ritornerò tra poco
con giubilo e con gioco».

Tacque, baciolla, e andonne; e Ciriegina
si assise piana piana
di sopra alla fontana.
Levasi il velo, e d'aura serotìna
conforta alla frescura
del collo la caldura.

Muscoso muricciuol le fea sgabello,
         e sotto a lei le linfe
         garrivan con le Ninfe.
Poggiava il capo a un elce, e dietro a quello
         spungea la luna stanca
         qual verginella bianca.

Vedea di lato un fosco castagneto,
         entro cui si allontana
                la via della fontana;
d'innanzi un rio che corre in un canneto,
         sul rivo un ponte stretto,
         sul ponte un fanciulletto,

che sue lattanti scrofe richiamava
         che nel loto han costume
         voltolarsi del fiume.
Ed ei: «Voh! voh! Zingana mia, gridava,
         toh! Majalina, toh!
         Monachella, voh! voh!».

Di quel fanciul la vista il cor le affanna,
         ed oltre il fiume tende
         il guardo 've si stende
un campo di sagina. Una capanna
         ha in mezzo, e sulla entrata
         un asinel che guata.

Vibra le stolte orecchie, or zappa il suolo,
         ora la breve coda
         sui fianchi si disnoda.
Arde di lato il fuoco, ed un pajuolo
         sospeso a un travicello
         pendea sovra di quello.

Poscia vedeva una fanciulla bella,
         ma lacera e discinta,
         affumicata e tinta,
la quale entro d'ignobile scodella
         quel pajuolo versava,
         e 'l cibo vil fumava.

Allor venia dalla capanna fora
         un vecchierello bianco
         egro mutando il fianco;
e dietro ad esso un'altra vecchia ancora,
         che rideva, e in quel viso
         era orribile il riso:

poscia una giovin donna, che tenea

sospeso al macro petto
          un macro pargoletto.
La famigliuola rustica sedea
          avida intorno a quella
          vaporosa scodella.

E l'uno con livor l'altro guatava,
          e con invidia rea
          la man che v'intingea,
mentre l'asin col capo soprastava
          al vecchierel dimesso
          fiutando il cibo anch'esso.

Tutto mirava Ciriegina, e 'l core
          dalla maninconia
          stringere si sentìa:
spettacol di miseria e di dolore
          offerto ai suoi bei rai
          ancor non si era mai.

Oltremodo di quei vecchi l'aspetto
          sull'ingenua figura
          stampavale la paura.
«Dunque tal pure un giorno il mio diletto
          addiverrà?» dicea,
          e spaurita piangea.

E mirandosi attorno, le parea
          veder lugubre velo
          sopra la terra e 'l cielo:
ogni esser maledetto a lei piangea,
          ed ella si sentiva
          come in estrana riva,

sola, rejetta, abbandonata, come
          immortale Fenice
          nata in suol più felice,
che, travolta dai nembi, l'auree chiome
          vede rompersi, e scura
          farsi sua beltà pura.

Ed ecco dalla via del castagneto
          giù correre con festa
          coi lor barili in testa
due giovanette, e lor veniva drieto
          tutto nudo un puttino;
          pareva un amorino

ignudo, ed ondeggiar l'aura gli fea
          sulla persona bella

la sola camicella.
Le chiuse pugna in bocca si mettea,
            e scaldandole al fiato,
            dicea: «Che freddo ingrato!».

Attaccandosi poscia alle gonnelle
            delle due giovanette
            tanto polite e schiette,
esclamava con grazia: «O belle, o belle,
            vedete, io son piccino,
            piccino è l'orciolino.

Fate, prego, che primo io mi empia quello.
            Che bujo, mamma mia!
            Posso cader per via.
Ed ella mi darà d'un bel randello,
            se rompo questo orciuolo.
            Non abbiam ch'esso solo!».

Glielo empíano le pie; poscia in ispalla
            lo assettavan con cura
            di quella creatura,
il qual sen parte, e Ciriegina avvalla
            gli occhi sovr'esso, e dice:
            «Quanto l'uomo è infelice!».

E così mesta volge la pupilla
            sulle due mansuete
            fanciulle, le quai liete,
mentre in fondo al baril mormora e stilla
            l'onda bruna, tra loro
            sì cantavano a coro:

1

«Figlia! per quanto la salute hai grata
            guarda l'onor delle bellezze tue.
            L'onore è una montagna dirupata,
            chi ne discende non vi sale più.
            L'onore ha un gran nemico
            nell'uomo traditore».
Così mi dice mamma, ed io le dico:
            «Mamma! dov'è l'onore?».

2

«La zitelluccia è come la gallina
            che solo in suo pollaio vive sicura;
            s'esce di casa, uccello di rapina
            è l'uomo che l'onor tosto le fura.

La penna in quell'intrico
ella smarrisce e more».
Così mi dice mamma, ed io le dico:
«Mamma! dov'è l'onore?».

3

«Se mai lo incontri sulla via del fonte,
e da ber cerca, non gli dare a bere:
taci, se parla, e china giù la fronte,
e fuggi se col gomito ti fere.
Guarda con occhio obblico
quel tristo ingannatore».
Così mi dice mamma, ed io le dico:
«Mamma! dov'è l'onore?».

4

«Figlia! tu sei la lepre incauta, ed ello
è cacciator che sa l'arti secrete:
ti mostra un orecchino od un anello,
fuggi, leprotto mio, quella è la rete.
Per l'onore ogni antico
tesor non ha valore».
Così mi dice mamma, ed io le dico:
«Mamma! dov'è l'onore?».

5

«Se a salire in sua casa egli ti appella,
rompiti innanzi il collo che ci vai:
le scale salirai certo zitella,
ma zitella però non scenderai.
Ah! sul tuo cor pudico
vegli sempre il Signore!».
Cosí mi dice mamma, ed io le dico:
«Mamma! dov'è l'onore?».

6

«Se mai ti dice che di me più ti ama,
no 'l creder, figlia mia; son tutti inganni.
Colto l'onore che di coglier brama,
ti sprezza, e ti abbandona tra gli affanni,
qual rosa in campo aprico
ch'à perduto l'odore».
Cosí mi dice mamma, ed io le dico:
«Mamma, dov'è l'onore,».

7

«L'onore, figlia mia, non sta negli occhi,
            nella bocca non sta, non sta nel petto:
            alquanto un poco sta sopra i ginocchi,
            oltra non dico, chè molto ti ho detto.
            Di tuo viso pudico
            me lo afferma il rossore».
Così mi dice mamma, ed io le dico:
            «Tutto questo è l'onore?».

Così cantando se ne gìan per via,
            e Ciriegina lacrime dirotte,
            vedendo ch'era notte, — ahimè! spargea.
L'animo le struggea — crudo pensiero
            di esser colà dall'uom ch'amava tanto
            al disonore e al pianto — abbandonata.
Ai dì trascorsi guata — e, rimembrando
            suo dolce tempo, piange con dolore
            il verginale fiore — ch'à perduto.
E in loco ombroso e muto — nel vedersi
            priva di padre e madre, e tanto oppressa,
            pietade di sè stessa — sentì forte.
E bramava la morte — ed un bisogno
            provava di cercare oltre la terra
            Tale ch'alla sua guerra — desse pace.
E con occhio fugace — ricercando
            le stelle vereconde all'aer bruno,
            «Lassuso è certo alcuno!» — ella dicea.
Ma il nome mal sapea — dell'Ente immenso
            che sì d'un tratto al suo timido core
            per la via del dolore — si svelava.
Chè l'Orco non parlava — unqua di Dio,
            e lei cresciuta avea come pagana,
            bella, coll'alma vana — e senza fede;
nè battesmo le diede: — e nondimeno
            per l'istinto che al Cielo or la rimorchia
            sul terren s'inginocchia, — e prega e prega.
Le mani al sen si lega, — e tutta bianca
            parea di bianca cera un simulacro,
            mentre fanno un lavacro — gli occhi ardenti.
Ma concetti, nè accenti — non trovando
            convenienti per pregare Dio,
            vinta da duolo rio — giù si abbandona.
E colla faccia prona — e seco in ira,
            vede l'immagin sua nell'onde chiare,
            e di avere le pare — una compagna.
Quando per la campagna — ascolta un grido
            di disperazïon che fa paura,
            e poscia una figura — appare orrenda.
Nera come la benda — in cui si avvolve

la notte sconsolata allor che dorme
        una donna deforme — a lei comparve.
Come vanno le larve — levi, levi
        secondo dell'avel l'aura le porta,
        ella così distorta — movea il passo.
Uno strido, un fracasso — uscìa pauroso
        dalle giunture di suo corpo spento
        ad ogni movimento — che facea.
Chè il suo corpo parea — fascio incomposto
        di aride frasche cui scompiglia il vento,
        e ne tragge un lamento — allor che passa.
E quando il guardo abbassa — un bruno lampo
        le scaturìa dalla lercia pupilla,
        simile alla scintilla — che si mira,
allor che il vento tira — in mezzo a quella
        maligna e crassa nebbia che di notte
        fuor dall'acque corrotte — alzasi ed arde.
Or mentre torte e tarde — ella segnava
        le vie, così cantava.

1

«S'è ver, che Dio creato
        ha l'uomo a sua figura,
        o sua non son fattura,
        o brutto è Dio.
Però, lo maledico,
        e maledico in Lui
        il mondo e l'ora in cui
        trista! nacqui io,

2

i conjugali amplessi
        e 'l ventre di mia madre,
        in cui mandò sue squadre
        il nero inferno.
Dal crin le Furie svelsersi
        un angue maledetto,
        e 'l poser nell'infetto
        alvo materno.

3

Figlia son dunque a Satana,
        a Dio sono ribelle.
        Lo adorino le Belle
        che à creato!
Sorella mi è la notte,
        mi ascondo nel suo velo,

ed esco quando il cielo
     è sconsolato.

4

Amo il male, e piacemi
     strugger le belle cose,
     che guardanmi orgogliose
     e deridendo.
Del mondo, forchè il nero,
     m'irridono i colori;
     m'irridono anche i fiori,
     i labbri aprendo.

5

E fin le stelle diconmi:
     — Perchè ti volgi a noi?
     bassa quegli occhi tuoi;
     sei tanto brutta! —.
Vorrei quegli astri estinguere,
     stringer la terra in mano,
     con ogni oggetto umano,
     e sfarla tutta!

6

E assieme col Caosse
     vedovo di ogni lume
     seder sullo sfasciume
     vorrei del mondo.
Ah! perchè amar dovrei
     se me non ama alcuno?
     Se tutto è per me bruno
     e non giocondo?

7

Me non baciò la madre.
     Lattante sui ginocchi
     mi tenne e chiuse gli occhi
     isbigottita.
Se nembo vien, se grandine
     si versa con furor,
     dicono tutti allor:
     — La Brutta è uscita —.

8

E se fanciullo inférmasi,

la credono malìa
che della Brutta ria
da' rai fu indutta.
E le fanciulle belle,
ridendo sotto il vel,
gridan fuggendo: — Oh Ciel!
Passa la Brutta! —».

Così cantava; e 'l suo quel suon parea
cui fa stuolo famelico di cagne
quando sopra campagne, — in cui battaglia
seguì funesta, smaglia — strepitando
le reliquie dell'armi, e i cranii sfascia
coll'avida ganascia, — e insiem coll'ugne.
Al fonte intanto giugne; — e nello specchio
di quell'acque al mirar di Ciriegina,
mentre il viso declina, — il vago aspetto,
nello stolto intelletto — ecco che ratto
credè che, mercè forse opra d'incanto,
quel viso bello tanto — il suo si fosse.
E trepida si scosse, — e inver la fonte
atti sì strani fea di meraviglia,
inarcando le ciglia, — e aprendo gli occhi,
che in due sonori scocchi — la fanciulla
die' di riso ad un tratto, e quel bel nodo
di riso in vago modo — imita l'eco.
Suso per l'aer cieco — ficca il guardo
la Brutta, e di lei visto il ver sembiante,
le s'inchina davante — e stassi immota.
Ed una gioja ignota, — ed una sacra
riverenza per lei sente dappoi,
che scorda i mali suoi — mirando quella.
E men brutta, anzi bella — assai la rende
quella quïete ammiratrice e santa
onde bellezza tanta — contemplava.
L'altra a sè la chiamava, — e veramente
sentìa bisogno d'una compagnia,
cui sua ventura ria — narrar potesse.
La Brutta al suol dimesse — avea le ciglia,
e della nuova voce udendo il suono,
si sentiva più buono — il core in seno.
E Ciriegina appieno — i casi suoi
le raccontava, e con parlare accorto
ella le dea conforto, — e sospirava.
Stanca si addormentava — ad essa in grembo,
qual agno bianco che di tigre fera
alla mammella nera — si sospende;
o qual luna che splende — e si riposa
su nuvol negro e dorme, mentre il vento
spinge pel firmamento — e l'uno e l'altra.

Di quella cruda e scaltra — in cor ritorna
        tosto l'usata crudeltà natìa,
        e, vista quella pia — così giacente,
trae un coltel quetamente, — e gliel conficca
        di croce a forma ove divisa e liscia
        la chioma fea una striscia — al capo in mezzo.
Dà un grido, e dopo un pezzo — si scolora
        l'infelice donzella, e dall'infido
        seno che le fea nido — a terra cade.
La divina beltade — delle membra
        ondeggia e trema come velo bianco,
        men ratto anela il fianco, — ed ecco more.
Con un pago furore — ed una calma
        orribile a mirar stassi la Brutta
        tra la Vita la lutta — e tra la Bella.
La mira, ed ecco in quella — un frullo sente
        d'ala che vola, e voce dopo un tratto
        «Che mal ti aveva io fatto?» — le dicea.
Sbigottisce la rea: — poscia si avventa
        sopra la salma dell'uccisa donna,
        ma sol la vuota gonna, — e 'l velo trova.
Meraviglia ne prova; — indi si acconcia
        sulla trista persona in un momento
        il vago vestimento — dell'uccisa.
E brutta in doppia guisa — se ne stava;
        quando ecco per la via correre suoni
        di carri, di pedoni, — e di destrieri.
Tra mille cavalieri — il re venìa,
        tardi bensì, ma non per suo peccato:
        lo aveano ritardato — amplessi amici.
Ai prati e alle pendici — il guardo manda,
        la rappella più volte, e sol risponde
        con lamentevoli onde — la fontana.
Ed ecco quella strana — empia figura
        sopra il collo gli gitta ambe le braccia,
        lo bacia per la faccia, — e poi gli dice:
«O principe infelice! or non ravvisi
        la Ciriegina tua? pur io son quella,
        ma lassa! non più bella, — e 'l dì mi grava.
Qui mentre io ti aspettava — giunse l'Orco,
        e sua vendetta in me compì fatale,
        e mi condusse al quale — in cui mi vedi.
Ecco! io ti prendo i piedi, — e ti scongiuro
        che il tuo crudo rifiuto una novella
        pena non giunga a quella, — ch'or sopporto.
Mercè! non farmi torto — e ti ricorda
        che tu, primiero il verginal mio fiore
        cogliendo, eterno amore — mi giurasti».
Tacque; ned è che basti — a me l'ingegno
        a dir qual fosse il cor del principino;

color perse il meschino — e sentimento.
Poi con sommesso accento, — alla fortuna
    maledicendo che lo avea tradito,
    cenna il cocchio, e l'invito — a lei ne dona.
La sformata persona — ella contorce,
    sale sul carro, in cor gongola tutta,
    e se ne va la Brutta — glorïosa,
pensando: «Alfin son sposa — e son regina,
    e sul labbro fatal d'un uomo amato
    ho un bacio alfin libato, — e paga or sono.
E 'l dolce unico dono, — onde più corta
    par la misera vita, or provo anch'io;
    se me 'l negava Dio, — me 'l die' la colpa.
Felice e cara colpa! — altre ben mille
    a consumarne apparecchiata io fora:
    vince di amore un'ora — inferni cento».
Ed ecco in quel momento — spaventosa,
    e solo intesa a lei voce, che a un tratto,
    «Che mal ti aveva io fatto,» le dicea.
Al grido ella volgea — gli occhi spauriti
    di qua, di là, ma null'alfin vedendo
    al prence sorridendo — si avvicina.
Lo bacia, e quegli china — doloroso
    la fronte, e va pensoso.

VII

O fanciulle, o fanciulle, o stregherelle,
    voi siete buone, perchè siete belle;
    ma le brutte? Oh! le brutte
    sono maligne tutte.
    Così si dice, eppure
    non è così. Se donna, cui bellezza
    negò Natura, rea talor si mostra,
    la colpa non è sua, la colpa è nostra.
    E che far dèe la sconsolata, quando
    mira gli uomin devoti
    solo alle belle? ad esse
    ardere incensi e voti, e tutto in lei
    sconoscere gl'ingrati, in lei che spesso
    pregio o virtù possiede,
    cui nasconde la veste, e non si vede?
    Di altro stile son io, donne cortesi,
    confessare il dovrò. Giovane, in core
    provai pietade per le brutte, ed esse
    furon tutto il mio amore;
    e se offesa il mio dir non vi facesse,

direi (belle, perdon!), direi ch'io vidi,
a prove chiare tutte,
che più assai delle belle aman le brutte.
E come no? Signora
d'un solo amante, sol di lui si cura,
e serve all'uomo come
serve l'uomo alla donna.
Ch'amor non puote imprigionar coi preggi
della corporea salma
ella ben sa; quindi si studia i freggi
accrescere dell'alma: esser fedele,
esser costante, prevenir le voglie
più leggiere di lui, e quel che accresce
le gioje dell'amore,
la gelosia ch'à in cor, mostrar di fore.
Ed io felice fui; chè voi sapete
che all'anime gentili
il far felice altrui par la più grande
vera felicità. Vedermi tanto
necessario a colei, saper che tutta
la sua pace, il suo riso,
la sua virtude istessa erano l'opra
soltanto del mio amore,
questo è piacer d'ogni piacer maggiore.
          Così l'agricoltore
                sopra aspro inculto monte
                gode in vedere il fiore,
                che culto da lui fu;
          ed io mirando il riso
                che le raggiava in fronte,
                in essa del mio viso
                amava la virtù.
Ma voi perchè sì meste? Eh! non vi affanni
          di Ciriegina mia
          il destino crudel. Soggetta ai danni
          di vecchiezza e di morte
          ella non era già. Tal privilegio
          dell'amore dell'Orco un dono egli era:
          l'immagine primiera
          perder poteva ormai,
          perder la vita non potea giammai.
          Làscisi pur la Brutta
          col principe ingannato
          goder gioje inconcesse. I mesti casi
          io narrerò della fanciulla intanto,
          se piacevi seguirmi all'altro canto.

All'aspro colpo che la testa aprille,
          l'alma di Ciriegina uscì tremante,
          qual da selce percossa escon scintille.

Sopra, di sotto, di lato e di avante
      toccava luce, e un'aura la rapìa,
      ch'era per tutto nello stesso istante.
Se vetro di finestra apre la via
      per sua rottura al sole, entro la stanza
      zona di luce si disegna e cria,
per la quale su e giù menano danza
      atomi levi di dorata polve,
      e l'un di qua, di là l'altro si avanza:
nella luce così che la ravvolve,
      di alme nuotar vedea turba infinita,
      che con queto desio vêr lei si volve.
In quattro parti dividea la vita
      a ciascheduna una crocetta rossa,
      onde esce grazia che la vista invita.
Sur esse il guardo tutto quanto affossa;
      ma vistele far cenni e guardar lei,
      in sè converte del veder la possa.
E si vide sì brutta e senza i bei
      color natii, che di stupir non cessa,
      perché si guardi ancor tre volte e sei.
E vergognosa stavasi e dimessa,
      fatta da parte, e in suo pensier dicea:
      «Or son più brutta della Brutta intessa!».
E questo suo pensier le si leggea
      per tutta la persona; onde pietosa
      di quell'alme ciascuna sorridea,
dicendole: «Sorella! il duol riposa.
      La mercede di Lui che tu non mai
      hai conosciuto in tua vita obbliosa,
e la mercè del legno in cui suoi gai
      membri affisse il Re nostro, in noi si accampa
      la pace e la beltà che tu non hai.
Ma se ti metti nella stessa stampa,
      sarai tu nosco». — Tacquero, e a ciascuna,
      per lei rispose del desio la vampa.
Ed ecco ratto la vision s'imbruna,
      ed una voce che le va davante
      la tragge di suo corpo alla laguna.
Lo vede, e di colei facea sembiante
      che cosa trova, di cui non le incresce;
      lo tocca, ed ei si solve in un istante.
Neve così, se in lei di forza cresce
      il sol, si scioglie in brina tenerella,
      che in sue gocce í colori agita e mesce.
E come pellegrina rondinella,
      a far sua casa, sull'umido lido
      si voltola col petto e coll'ascella,
tal nella polve di suo antico nido
      si versa, si dibatte, e tutta quanta

sen leva ricoperta e mette un grido;
di gioja no, chè dal dolore è affranta,
        perchè in colomba vedesi mutata,
        e sta pensosa sopra l'ala spanta.
E diceva: «Deh! fossi almen beata!
        chè ora coll'ala quinci e quindi sciolta,
        la mia persona in Croce è tramutata!».
E tosto voce, che di dentro ascolta,
        le rispondea: «Dove il delitto abbonda,
        per la bontà di Dio la grazia è molta.
Segui, segui la Croce». Ed ecco un'onda
        di vento la rapisce: ella si ajuta,
        raccoglie l'ali, e sempre giù si affonda.
Invano l'aër nella sua caduta
        piglia coi piedi, senonchè, versando
        le penne a croce, dal cader si muta,
e con soave metro va montando
        pel cielo, che porgea faccia più queta,
        come si va pel ciel sempre più alzando.
Librasi, e guata trepidando e lieta,
        ed ecco sotto i pie' lontan lontano
        vede il nostro passarsi umil pianeta,
ed affrettarsi nello immenso Vano,
        com'uom ch'uscendo dalla nostra vita
        corre vêr l'altra, e non vi corre invano.
Per una Croce rossa, ch'infinita
        le giaceva di sopra, ella vedea
        la nostra terra in quattro dipartita.
In ciascheduna parte un si movea
        popol diverso, che dal segno santo
        chi più, chi meno di beltà prendea.
Gl'immensi globi de lo cielo intanto
        le giravano attorno reverenti,
        alla Croce volgendo il viso e 'l canto;
dicendo: «Lui che stese i firmamenti,
        le maggiori sustanze ha deputato
        al servizio dei minimi elementi;
tanto umiltà gli piace, ed ha locato
        la terra così bassa e piccolina
        in trono da sì grandi astri irraggiato.
Noi danzïamo a lei come a regina
        mercè la Croce che ci mena in volta,
        e che contende a noi trarla in rovina.
Ma quando l'alma Croce a lei fia tolta,
        senza catene correrem gli abissi,
        ed ella dietro a noi sarà travolta».
Così cantando, vampeggianti ellissi
        segnavan gli astri; e poi ciascun si fea
        avidamente e con gli sguardi fissi
più dappresso alla terra, e s'immergea

nel sanguigno vapor, che dalla Croce,
            qual da turibol fumo, alto si ergea.
A spettacolo tanto, a tanta voce,
            per ritornarle ormai nell'intelletto
            la memoria di sè non ebbe foce:
ma sbigottita da un devoto affetto
            tutto mirava e udìa la Ciriegina,
            mentre che l'aria le faceva letto.
Ed ecco un rombo di ala, una rovina
            un'ombra precedea, che lenta e magna
            scaccia da sè la tinta aura vicina.
E comparisce un'aquila grifagna,
            che sopra la fanciulla che sta sotto
            l'aeria spinge liquida campagna.
E Ciriegina nel rapace fiotto
            a piombo giù venìa, quando all'istante
            è risospinta su per l'aër rotto;
e al mostro alato trovasi davante,
            che le artiglia la picciola persona,
            mentr'ella stride e sbatte palpitante.
Ma come la pupilla in lei fe' prona,
            ed una Croce rimirolle in testa,
            apre l'ugna nemica e l'abbandona.
Ma Ciriegina sopra l'ala pesta
            dagli aspri uncini non trovò sostegno,
            nè volare potea timida e mesta.
Videla l'altra, e si voltò con sdegno,
            come chi vinto da maggior possanza
            fa cosa che non garba all'aspro ingegno.
La raccoglie tra l'ugne, e poi si avanza
            rapidamente, e cala dove un monte
            tra i pendenti le aprìa massi la stanza.
Là depòn la rapita, che la fronte
            sottesso l'ala nascondea, sicura
            ch'eran del viver suo l'ore già conte.
Ma l'aquila superba l'assicura,
            poscia le dice: «Ignoro chi tu sei,
            m'al Signor fanne grazia e a tua ventura;
fanne grazia alla Croce, ch'in sì bei
            color rechi dipinta sulla testa,
            segno di pace, che fa buoni i rei».
E Ciriegina rispondea modesta:
            «Regina degli uccelli! in cortesia,
            della Croce il valor mi manifesta».
L'altra col guardo che sì dentro spia
            per l'orizonte malinconica erra;
            lugubre suon dal petto indi le uscìa,
e disse: «In ciel, nell'acque e nella terra
            odio, morte e dolor tengono impero,
            e principio fu l'uomo a tanta guerra!

Prima era in tutto pace, amor sincero,
       vita e bellezza eterna, e l'uom sovrano
       tutte cose reggea col suo pensiero.
Al cenno dello sguardo e della mano,
       benchè di lui più forti e sì superbe,
       noi rendevam l'ingegno umile e piano.
Quante trattano l'aria e calcan erbe
       immani fere obbedivamo a lui,
       finchè di ribellarsi ardir non ebbe.
Ma come il fumo degli orgogli sui
       levò contro quel Dio che ci ha creato,
       cadde in miseria, e assiem con esso nui.
Allor sul mondo disfrenossi irato
       di malori un esercito, e 'l diletto
       viver nostro primier restò turbato.
Tosto da lui ribelle e maledetto,
       maledetti anche noi, ma non ribelli,
       mentre che l'ira ci ruggiva in petto,
ci allontanammo — e solo poche imbelli
       servili fere dagli spirti inerti
       rimasero di lui sotto i flagelli.
Del mondo ci divisimo i diserti
       io col lïon. Quei della terra ei prese,
       io quei dell'aria ad altra ala inesperti;
e a dargli il merto dell'antiche offese,
       per anni ed anni sol di carne umana
       pasciuto il nostro ventre si distese.
Ma il Figliuolo di Dio l'onta villana
       lavò col sangue, — e l'uomo maledetto
       all'antica tornò gloria sovrana.
Tinta del divin sangue in sull'aspetto
       si compose la Croce, e formidato
       volle il popolo nostro a lui soggetto.
Ei regna con quel segno in sul creato,
       e noi impotenti a contrastar con lui
       fuggiam del mondo nel più estremo lato.
Pur ei c'insegue, — e verrà tempo in cui
       l'usurpatore occuperà la terra,
       e rapirà l'ultimo nido a nui!».
Tacque, ciò detto, e sospirando atterra
       la regale pupilla: indi maestosa
       levasi in piedi, e 'l duolo in cor rinserra.
Del covile sul varco ampio si posa,
       e stassi immota ad aspettar la luce
       del nuovo giorno che si tinge in rosa.
Ma come il giorno sopra i monti luce,
       la superba regina dei volanti
       artiglia Ciriegina, e la conduce

. . . .

. . . .
O fanciulle, o fanciulle, o stregherelle!
    abbracciate la Croce.
    Con essa in poppa va tra le procelle
    la nave, nè del mar l'ira le nuoce.
Lieti per questa immagine divina
    siam Ciriegina ed Io.
    Secura intanto vola Ciriegina,
    e securo io ritorno al canto mio.

La terra, verso cui l'aquila altera
    lasciò caderla, si stendea vicina
    alla cittade dove il prence impera,
    dov'altra in luogo suo splendea regina.
Ripetendo appo sè gli uditi eventi
    giva pensosa, e l'animo le fiede
    una turba di affetti riverenti,
    allor che pose sulla terra il piede.
Vedea fanciulli, vecchi e giovanotti
    dalla cittade del mattin coi lampi
    sboccar con buoi, con carri a frotte a frotte,
    e riversarsi ai lavorii dei campi.
E da quegli atti e da quei visi umani
    una uscire vedea luce divina,
    come quella che scherza sugli arcani
    simulacri di un bel tempio in rovina.
Trema la luce su quei marmi antichi
    che morti sono e allor pajon spiranti,
    e così unisce in quei visi pudichi
    di vita e morte insiem gli opposti incanti.
E la vecchiaja le pareva bella,
    bella la morte, bel dell'uom l'affanno,
    e amorosa vorrìa mescersi a quella
    folla di gente, che pei campi vanno.
Senza sospetto, con un caro ardire
    ora svolazza, ora camina, e poi
    striscia ondeggia tra quelli; e sembra dire:
    «Sono una del bel numero di voi».
Torna respinta; ed una fanciulletta,
    che di quegli atti strani allor si accorse,
    chiamò vêr l'altre, e disse: «Oh poveretta!
    Quella colomba là ferita è forse».
Ma ella seguì suo volo, e ad un giardino
    pervenne il qual recinge un monastero:
    là della Croce il simbolo divino
    delle piante sorgea tra il verde e 'l nero.

Colà posossi, e tacita pregava:
            «O Dio, ridammi la figura antica!
            O Dio, l'error dell'anima mi lava,
            O Dio, deh! tômmi in tua figliuola e amica».
Poi mentre cerca di esca, e queta queta
            del terren, degli arbusti a fior sorvola,
            su salta un ramo, ed un lacciuol di seta
            prigioniera la stringe per la gola.
Apresi un uscio, ed una monachella
            colla tonaca nera e 'l velo bianco,
            vestita a foggia d'una rondinella,
            venne e batteasi colla mano il fianco.
«Ah! ti ho colto, ti ho colto, o poverina;
            ti avea pur tanto atteso, e sempre invano!
            Qua, qua, Concetta mia, qua, Suor Fiorina,
            venite, io tengo una colomba in mano».
Sorvenìan le compagne, e con affetto
            avide or l'una all'altra la rapiva;
            se la stringeano contro il casto petto,
            mentre che Ciriegina i vanni apriva;
e di lor tra le labbra, onde sol Dio
            la fragranza conosce e i dolci baci,
            cacciava il molle rostro e un mormorio,
            come dicesse: «Ognuna anche me baci!».
«Deh! via sta cheta!» allora una dicea,
            «monaca ti farem, ne sei contenta?».
            «Bene, sì!» la seconda soggiungea,
            «tu viverai con noi, qui non si stenta».
«Ah! vedi, vedi: una crocetta bella
            ha sulla testa colorata in grana.
            Oh! ben venga tra noi la monachella».
            E Ciriegina udiva umile e piana.
«No, no!» la terza rispondea: «Bell'uova
            ne farà questa, e quindi nasceranno
            ai caldi rai della stagione nuova
            molti pulcini che *pio pio* faranno».
«Uova costei non fa», l'altra risponde.
            «Ma femina è costei», dice ciascuna.
            E l'altra: «E perchè noi d'uova feconde
            non siam, se anche di noi femina è ognuna?».
«Ma perché? Ma perché?» quelle beate
            sante fanciulle si chiedeano a coro;
            colle pupille stavansi fermate,
            e al dubbio ognuna riflettea di loro.
Allor Fiorina i rai sur esse affisse,
            misesi un dito del bocchin sul vàscolo,
            «Io ve lo spiego, ma in secreto», disse;
            «per queste cose si richiede il mascolo!».
Ammutîro confuse alla risposta,
            ed il rossore lor coperse il viso;

poscia l'una dell'altra in sulle coste
col gomito s'urtâro, e diero in riso.

Ma la campana intanto del convento
    con flebile lamento — risonava,
    e le suore chiamava.
Fuman gl'incensi, brillan faci mille,
    suonano a festa le squille, — e di fior pieno
    della chiesa è il terreno.
In quel mattino una fanciulla cara
    veniva innanzi all'ara — a pôr le chiome,
    ed a cangiare il nome.
Come vittima eletta il crin coverto
    avea d'un serto, — e stava vergognosa
    in sua veste pomposa,
mentre del tempio dalle soglie fuore
    piangeano il Mondo e Amore, — e con ambascia
    dicean: «Perchè ci lascia?».
Suona l'organo intanto, e in trepide onde
    quel canto si diffonde, — e assiem con esso
    si ode un salmo sommesso.
Quai pellegrini augei che stando ascosi
    sopra nembi piovosi — errando vanno
    al ritornar dell'anno:
ognun ne ascolta il tenero e lontano
    canto, che mano mano — in aria spira,
    ma i cantator non mira;
dall'invide così grate nascose
    del Signore le spose — in un concento
    unìano voci cento.
Quando ripiega il dì suo bianco velo,
    a un punto ostenta il cielo — il suo stellato
    esercito schierato;
al cadere così d'un drappo nero
    svelossi il monastero, — e apparver fuore
    a due a due le suore.
Reggea in mano ciascuna un torchio acceso,
    e sulla testa il peso — del gentile
    serto cui porta aprile.
La giovine novizia in pie' si leva,
    pallido il fronte eleva, — e 'l passo scioglie
    tra le fatali soglie.
E tosto sulla porta che l'accolse
    la cortina si sciolse, — e si distese
    e al vulgo la contese.
Divise in doppia schiera eran le suore
    pel sacro corridore, — e a quella intanto
    così volgeano il canto.

«Vieni, o sorella; intendi

della donna il destino.
  Seduta in suo giardino
  nostra madre splendea più della luna.
Dio le pose una cuna
  sulle belle ginocchia:
  pensosa in quella adocchia
  e di alme vi mirò stuolo infinito.
Ma come il proibito
  frutto spiccò rubella,
  tremò Natura, ed ella
  surse spaurita, e le cadèo la culla;
che nel duolo e nel nulla
  rotolò, mentre l'alme
  delle future salme
  e i secoli avvenir fuggìan piangendo.
Un maledire orrendo
  sovr'essa allor discese,
  e la donna si rese
  segno di obbrobrio a servili opre addetta.
Ma sulla maledetta
  Dio le pupille volse,
  e in sua pietà la volse
  di Universo novel rendere madre.
Della donna fu padre
  l'uomo nel primo mondo,
  ma nel mondo secondo
  la donna partorì l'uomo novello.
Partorì Cristo bello
  che alle sue leggi diede
  le lacrime, la fede
  e l'amor della donna e la dolcezza.
I prischi ceppi spezza
  ella, e dell'uomo divino
  compagna nel camino,
  della gloria di lui fu il primo frutto.
E quando il mondo tutto
  reo lo gridava, sole
  di Sion le figliuole
  pianser sur esso, e 'l dissero innocente.
E del monte fremente
  d'ire umane e divine
  sopra il fosco confine
  solo una donna osò dargli conforto,
e serbar vivo il morto
  nella dispersa scola
  lume di fede, e sola
  credere ed aspettar l'altra promessa,
e piangere indefessa
  di Lui sopra l'avello;
  e quando Ei ne uscì bello

solo a una donna comparì primiero.
Alto e caro mistero!
Così, alla donna, pura
e fragile creatura,
il Dio risorto annuncïar fu dato,
ed il mondo rinato
e le grazie risorte,
come il fallo e la morte
annunciato avea nei primi tempi.
Sorella ecco gli esempi
che trovi in questo chiostro:
ecco il destino nostro,
pregare, confortar, lodare Dio».

Così cantava quel drappello pio,
e Ciriegina mesta
contemplava la festa.
«Ahimè! perchè non posso, ella dicea,
a questo esser simile
vergin stuolo gentile?
In ogni membro lor scolpito è amore,
la bellezza è scolpita,
fiore di eterna vita.
Ciò che bello è lassuso a lor somiglia,
e piovono dal viso
luce di paradiso.
Null'uom può mal pensar finchè le vede,
e diventa gentile
ogni cor rozzo e vile.
Dall'alma loro, qual da fonte pieno
che spande tutto quanto,
sgorga e zampilla il canto.
E fatte a modo di soavitate
van mansuete e care,
di lor bellezza ignare.
O miei giorni perduti! O male spese
ore dei miei primi anni
negli amorosi inganni!
Integritade di mio corpo bello!
Primizia del pudore,
o verginale fiore!».
Così diceva Ciriegina, e d'ira
sentìa l'alma tremante
contro il principe amante.
Ed arrossir la fea la rimembranza
di ciò che fatto o detto
avea col giovanetto.
E aveasi in odio di aver riso allora
di ciò ch'ora le desta
di rimorsi tempesta.

Ma a due cori divise ecco le suore
  ricominciare intanto
  più affettuoso il canto.

1

  «Il mondo si oscura,
    trapassa qual vana di sogn[o figura;]
    già ride, già sparve
    qual serie di lar[ve]
    che viene, e che [va;]
  eterno è Dio solo, [Dio solo si sta.]

1

E tu lo troverai, sorel[la mia,]
  errando in questo [eremo senza via,]
  senza acque, senza [orezzo, e senza fior.]
Dio simile al lione a[ma i deserti,]
  i luoghi solitarî e [ricoperti,]
  i mari, i boschi ed il n[otturno error.]

2

Col crine reciso,
  coi lombi succinti, col p[allido viso,]
  sul legno divino,
  su duro di spino
  tessuto guancial
noi bacia, noi stringe lo Sposo immortal.

2

Tondi la bella testa, o mia diletta,
  nuda come di colle eccelsa vetta
  che sotto il pie' divino inaridì.
Mutàti in una treccia di astri belli
  sfolgoranti in eterno i tuoi capelli
  e in ciel sospesi troverai tu un dì.

3

Qual candido scoglio
  sorgente di mare nel torbido orgoglio,
  [nel] mondo che allàto
  [con du]olo e peccato
  [ci pass]a e sen va,
[il nostro sog]giorno eterno si sta.

3

[E noi su quello sc]oglio, o mia sorella,
        [staremo fin] che passi la procella
        [di Satan]a e del mondo menzogner,
[come colombe] ad asciugarci le ale,
        [aspettan]do che spunti il dì immortale
[che altro] volo ci chiegga, altro sentier.

4

[Il vul]go profano
        ci grida: — che fate di un viver sì [strano? —.
        Tacetevi, ingrati!
        Pei vostri peccati
        pregando tuttor,
facciam che dal mondo non parta il Signor.

4

Alcioni siamo noi che in voce mesta
        van deprecando il nembo e la tempesta,
        messi di pace a Chi tra i tuoni sta.
Al prego d'un'ignota verginella
        Dio, deponendo i lampi e le quadrella,
        spesso un popolo ha salvo o una città.

5

Al cielo votive
        offerte dal mondo [siam vittime vive,]
        da veglie, da [pianto]
        disfatte, tr[a tanto]
        che duro e[i non ha]
per tanto mar[tirio nessuna pietà.]

5

Se sopra il fenestrin [della tua cella]
        a cantare verrà [la rondinella,]
        non sospirar l'a[ntica libertà;]
ma dille: — Al par di te so[n pellegrina —,]
        mostrale il cielo ove sa[rai regina]
        e dille: — Io pure volerò, [ma là —».]

Divine voci! melodia soave,
        che all'anima che pave — senza velo
        mostra ed aperto il Cielo!
Amor! Canto! e Preghiera! Ecco i tre vanni
        che dai terreni affanni — inverso Dio
        sollevano il cor pio.

Oh! infelice colui, che in questa sfera
            visse senza preghiera, — e mai nel core
            ebbe un pensier di amore!
Infelice colui che sulla terra
            non lascia un canto, ed erra — come cieco
            pigro fiume senza eco!
[.......] Ciriegina; e ratto
            [.......] d'un tratto — una secreta
            [.......]sa lieta
[.......]trona del convento
            [.......] argento, — e con divine
            [.......] bianco crine,
[.......]manti per etade
            [.......]tade — un'alta stringe
            [......] erto cinge:
[.......] di ogni fior novello
            [......]nto per quello — che l'ha fatta,
            [.......] educa e latta.
[.......]ia allor che sta in ginocchio
            [.......] rivolge l'occhio, — e la parola,
            [.......] dice: «O figliuola!
Vuoi tu salir su questo alber beato,
            ed il frutto odorato — dispiccarne,
            ed i fiori involarne?».
Tacque l'Antica, e la novizia sorge;
            e col viso che porge — umile agnella
            allor che alla mammella
della madre, che corre, avidamente
            si appiglia e dolcemente — la combatte
            col capo, e spreme il latte;
con un impeto egual, con simil faccia
            alla Croce si abbraccia, — e mostra in viso
            commisto al pianto il riso.
A spettacolo tal più non si tenn[e]
            Ciriegina, e la penne — [.......]
            levossi alto cantan[do.]
Girò sul sacro legno, e [.......]
            del cor gli disse: [.......]
            dammi l'antica [....]
            E tosto ai suoi pens[ieri.......]]
            un pensier, che dice [.......]
            «Quanto chiedesti [....«]

IX

O fanciulle, o fanciulle, o stregherelle,
  prendete il velo delle monachelle.
Uomo mortale non è certo degno
  di porre il pie' profano
  della vostra beltà nel dolce regno,
  e farsene sovrano.
Ah! io ben voluto avrei nascere donna,
  ma bella, bella, bella:
  avuto avrei il rigor d'una colonna,
  anima dura, ed a pietà rubella.
Qual gioja allor per me gli uomini stolti
  vedere al mio apparire
  cadere dalle finestre capovolti
  [.......] ed altri impazzire?
[.......] dura, o sempre via più vaga
  [.......]to col saettar degli occhi;
  [.......]a un'insanabil piaga;
  [.......]li: «Nessun mi tocchi!».
[.......] io mi fo bella, ed ei
  [.......]da ei sol dei vezzi miei.

[O fanciulle,] o fanciulle, o stregherelle,
  [.......] in questo mondo afflitto
  [.......] le donne essere belle,
  [.......] la beltà porta a delitto.
[.......]imi! ne avrìa
  [....... p]olizia.
[.......]e i giovanetti ardenti
  [.......] ognor dappresso
  [.......]eggiarmi intenti
  [.......] tra loro un favellio sommesso;
«Ah! la sgualdrina!» avrìa tosto gridato,
  «in arresto si metta! è una ribella!
  è un cervellin costei troppo esaltato!
  ha le congiure sotto la gonnella!».
Ma ahimè! che dissi io mai? son pur lo stolto,
  care fanciulle, a favellar così.
  A cantare di amore io mi son vôlto,
  per torre ai ceppi i miei canuti dì.
Per l'infinite ambiziose voglie
  del core umano è stretta assai la terra;
  di qui le gare, e le fraterne doglie,
  di qui la polizia, di qui la guerra.
Lasciam dunque ad altrui l'ignobil regno
  di questa terra che doman cadrà:
  più santa regïon, più nobil segno

cerchiamo col pensier che non morrà.
Parliam solo di amor, parliam di Dio,
 immensi campi in cui non è delitto
 avere ingegno innovatore e pio,
 e un cuore posseder nobile e dritto.
Torniamo dunque all'interrotta storia,
 e agli altri il disonor, a noi la gloria.

«Ogni balcone, ancella mia, vo' aperto,
 voglio aria, voglio giorno, voglio luce:
 tra la mia fronte e 'l serto
 passan sogni orribili
 che la notte conduce».
Dicea la Brutta — e l'altra obbediente
 entrar facea il mattino; e dall'adorno
 real talamo sorgente
 ella pareva un nuvolo
 che corre incontro al giorno.
«Ancella! — soggiugea poi sospirando —
 guarda; son men deforme almen di jeri?».
 E di quella specchiando
 si gìa dubbiosa ed avida
 entro i begli occhi neri.
«Oh! è vero — rispondea quella cortese —;
 candido sogno in tua fronte maestosa
 ha le sue grazie stese
 e della notte tacita
 la bellezza pensosa».
«Ancella! tu m'inganni. Ahimè! vorrei
 parte di tua bellezza avere in dono,
 e questo io cederei
 invidiato talamo,
 la mia corona e 'l trono.
E qual per donna è mai miglior diadema
 d'una al par della tua chioma lucente,
 che in mille anelli trema
 e susurra volubile
 sull'omero candente?
Esser povera e bella! esser sprezzata,
 aver bellezza e non destare ardore!
 Ah! io ne sarei beata!
 Il cuore mio desidera
 bellezza e non amore.
Paga mi chiamerei del mio secreto
 amor soltanto e di sua interna lode.
 Bel viso ha cuore lieto;
 splende e di sè medesima
 beltà si pasce e gode.
Da' qua quel braccio... Oh! vedi: un'infinita
 gioja l'anima tua, dì, non consuma

questa neve tornita
ch'arde, che freme e palpita
come un velo di spuma?
Ch'ora ondeggia, or si tuffa entro il rosato
ruscello a cui tue vene apron la via,
che suona e interminato
di gioja un senso dèstati
e un'arcana armonia,
un'armonia che tutta ti circonda,
che ti accompagna intorno in ogni verso,
come di vita un'onda
che nel suo pieno vortice
rapisce l'Universo».
E dicendo così, livida luce
le raggiava sul viso, — e dell'ancella
con un'invidia truce,
come volesse frangerla,
stringea la mano bella.
Poscia con suon di voce assai men forte,
«O ancella! — soggiungea — molto mi piaci:
quando il re mio consorte
ritornerà da caccia,
voglio che tu lo baci.
Voglio veder come due belle bocche
giovani e fresche faccian nodo insieme,
come l'una trabocche
sull'altra tutta l'anima
che imprigionata freme.
Or vanne, e vedi se la donna antica
venne chiamata, e tosto a me la invia:
in lei saggia e pudica,
a Dio sacrata vergine,
pongo ogni speme mia».
Obbediva l'ancella, e da pietade
commossa uscìa dalla regale stanza,
dicendo: «Se beltade
perde donna, alla misera
qual altro bene avanza?».
Ed ecco apresi l'uscio, ed una buona
monaca comparìa dal viso dolce.
Dal cinto una corona
le pende, e bianca e tremula
sopra un baston si folce.
«Regina! — poi dicea — dal monastero
dov'io vivo con Dio perchè mi chiami?
Al riverito impero
ancella tua sollecita
eccomi! or dì, che brami?».
«Tu mi chiami regina, o madre santa!
Nè gli occhi abbassi, nè crolli la testa?

        Bruttezza in me cotanta
        dunque non dèstati odio,
        nessuno orror ti desta?».
«Nessuno, o figlia. Un'anima non hai?
        Dalle mani di Dio non sei tu uscita?
        E spreggiar posso mai
        del mio Signor un'opera,
        un essere ch'à vita?
Deh mira! Il sol, che nella stanza or manda
        il giorno, è bello! Egli la notte fuga,
        ei di raggi ha ghirlanda,
        dispensa l'ore e i secoli,
        nè sul viso ha una ruga.
Pure è di te men bello, è assai men bello
        di me, cui intorno van pugnando gli anni,
        di me, che nell'avello
        cadrò tra poco a chiudere
        della vita gli affanni.
Ah! il sol non ama, il sol non spera o pensa,
        ignora quanto sua bellezza vale!
        Ma in noi la vita è immensa,
        e al nostro corpo abbràcciasi
        un'anima immortale.
Il sol morrà, e sul feretro del mondo
        l'ultima manderà fioca scintilla,
        come in uom moribondo
        ad offuscarsi è l'ultima
        la languida pupilla.
Morrà, spargendo privo di beltade
        suo cener biondo ov'or la luce piove,
        siccome re che cade
        senza compianto e gloria,
        e va non si sa dove.
Morrà; nè Dio la sua dorata polve
        a miglior chiamerà vita novella.
        Ma noi, quando ci solve
        la morte in bianca polvere,
        a nuova vita appella.
E queste membra tue, che tu sfornite
        credi di grazia e di beltà mortale,
        saran da lui riunite,
        e cosparse di gloria
        e di luce immortale.
Invida dunque non girar pupilla
        delle beltà terrene al breve lampo.
        Ciò che quaggiuso brilla
        passa qual fuoco fatuo,
        come l'erba del campo».
La misera regina avido ascolto
        dava alla suora, e soggiungea dappoi:

«Al convento io ti ho tolto,
          perchè dal Ciel mi ottengano
          bellezza i preghi tuoi.
Deh! lo invoca per me: Dio tutto puote;
          muta la notte in giorno, e 'l giorno in notte,
          e le preci devote
          di te sua casta vergine
          a muoverlo son dotte».
Ma l'altra rispondea: «Regina mia,
          (e crollò il capo) un impossibil vuoi.
          Inutil cosa o ria,
          malgrado il nostro chiedere,
          Dio non concede a noi.
Fragil cosa è bellezza, un falso lume;
          pudore ed onestà leva dal trono:
          e come vuoi che il Nume
          ahimè! possa concederti
          un sì funesto dono?
Sola la colpa è brutta, e contro di ella
          chiamar si deve Dio con voti e pianto;
          chè quando l'alma è bella
          di luce investe e irradia
          il suo lurido ammanto.
E 'l corpo allor riluce al par d'impura
          nuvola, oltre la quale il sol tramonta.
          All'oro i raggi fura,
          e ostenta in sè dell'Iride
          la vaga ondata impronta.
Ecco: io son vecchia; eppur tra ruga e ruga
          quando Dio mi passeggia e 'l cor m'invade,
          e l'alma messa in fuga
          prega, lampeggia e tremula
          dal suo carcere evade,
allor son bella, allor mi sento bella
          d'una beltà diffusa ed immortale,
          appo cui di donzella
          il viso corruttibile
          vanta bellezza frale.
Dell'interna beltà sii dunque paga;
          questa cerca da Dio, l'altra abbandona;
          e se chiamarti vaga
          altri non può, ti studia
          ch'almen ti chiamin buona».
Qui tacea la canuta, e pensierosa
          la regina l'udìa; poscia dicea:
          «E' dunque inutil cosa
          ogni intrapresa a togliermi
          tanta bruttezza rea?
Prega almeno per me». Così dicendo
          l'accommiatava, e quell'uscìa mansueta.

L'altra al balcon venendo
          stiè del mattino l'aure
          a respirar più cheta.
E 'l giardin sottoposto avidamente
          rimirando, e 'l mattin leggiadro tanto,
          chinò il capo languente,
          e commossa nell'animo,
          aprì le labbra al canto.

1

«Sull'alma un dì sedeami
          la notte d'un avello,
          di ossami immondo ostello,
          dove la speme muor,
dove di vita o gioja
          accento mai non suona;
          ma ora mi sento buona,
          e lacrimo di amor.

2

Se Dio non sempre tròvasi
          in mezzo al vario mondo,
          tròvasi sempre in fondo
          d'innamorato cor:
colà tra mille palpiti
          la voce Sua risuona,
          ed io mi sento buona
          e lacrimo di amor.

3

Chi, se non Egli, avría
          tanta dolcezza messo
          nel bacio e nell'amplesso
          di giovane amator?
di due facendo un'anima,
          un'unica persona,
          mentre io mi sento buona,
          e lacrimo di amor?

4

Quando il mio cor si slancia
          d'un altro core in traccia,
          ricordo Dio, che caccia
          la man nel Nulla, e fuor
ne leva il mondo, e cìngelo
          d'una fiammante zona,

mentre io mi sento buona
e lacrimo di amor.

5

Perchè languendo in seno
      del caro giovanetto,
      del mondo ad ogni oggetto
      amo celarmi allor?
Perchè al silenzio e all'ombra
      l'amor mio si abbandona,
      ed io mi sento buona
      e lacrimo di amor?

6

Oh! quel pudor, quell'ansia,
      quel sacro brividìo
      egli è lo stesso Dio,
      di cui la gioja allor
gli amanti, ladri timidi,
      furano e la corona;
      ed io mi sento buona
      e lacrimo di amor.

7

Ma incompïute e brevi
      son quelle gioje, e io sento
      frenetico tormento
      che un mondo a me miglior
annunzia, un mondo eterno
      ch'eterno il gaudio dona;
      ed io mi sento buona
      e lacrimo di amor.

8

O amor! tu mi hai redento.
      E quando da un amplesso
      sciolta io mi taccio, e oppresso
      sento di gioja il cor,
dolce un pensier mi dice:
      — O donna, ama e perdona! —.
      Ed io mi sento buona
      e lacrimo di amor».

Così cantava con sommesso accento,
      e contemplava da mestizia ingombra
      le nubi che, pel verde firmamento

volando, in terra projettavan l'ombra,
che cheta cheta sopra i fior del prato
            sdrucciolava via via come un rimorso,
            il quale ad un cor tristo, addormentato
            tra le delizie, viene a dar di morso.
Ed ecco un frullo di ala, e Ciriegina
            su vanni di colomba accorta e destra
            posò sopra una pianta, che vicina
            stendea l'ombrella alla regal finestra.
Vide la Brutta e disse: «Ella è infelice!».
            Pianger la vide, e ne provò pietate,
            dimenticando che la traditrice
            spento avesse la sua giovin beltate.
Videla, che guardando i fiori gìa
            e l'aure, e l'ombre e 'l lor diverso incanto;
            vide che a nuovo canto il labbro aprìa,
            ed ella stette ad ascoltarne il canto.

            I

«Oh! perché l'alma mia ch'ama cotanto
            con quell'aure non può libera errar,
            rapir brina e profumi, e un tenue manto
            di profumi e di brina a sè formar?
                  Un corpo bello
                        come il mio amore,
                        fulgido ostello
                        di ardente core,
                  il quale all'impeto
                        dell'amor mio
                        non fosse ostacolo
                        deforme e rio?
Oh! qual letizia fora
            membra sì belle possedere allora!».

I

E Ciriegina rispondeva a lei:
            «Come quell'aura l'alma mia pur va
            nuda gemendo a ritrovar suoi bei
            membri perduti, e i rai di sua beltà.
                  Sui fiori l'alma
                        vaga pensosa;
                        scambia sua salma
                        con una rosa.
                  Poi fugge, e dice:
                        — No, non è quello;
                        era il mio viso
                        dei fior più bello —.
Oh! qual cordoglio fora

sentir la pena, che dentro mi accora!».

II

«Deh! cedetemi, o fior, chè aver gli bramo,
        di vostra bocca il fresco ed il color.
        A voi qual pro'? dir non potete: — Io ti amo! —
        ned un pensiero susurrar di amor.
                Ma al mio consorte
                        io dir potrei:
                        — Come la morte
                        gli affetti miei
                sono immutabili,
                        sono costanti;
                        uniamo l'anime
                        sui labbri amanti —.
Oh qual letizia fora
        sì belle labbra possedere allora!».

II

E Ciriegina rispondeva a lei:
        «Ero felice e verginella un dì;
        ora pregando Dio, spargendo omei
        vado in cerca d'un ben che mi fuggì.
                Pupille gravide
                        di mesti umori
                        i vostri calici
                        sembrano, o fiori.
                Deh! a me cedeteli
                        in cortesia
                        per meglio piangere
                        la sorte mia.
Oh! qual cordoglio fora
        sentir la pena che dentro mi accora!».

«Quella colomba come canta mesta!
        — disse allor la regina — ella è sfuggita
        certo alla gabbia di fanciulla onesta
        che con amore se l'avea nutrita;
e che certo infelice, e forse bella,
        al caro augello d'insegnar si piacque
        questa canzone così trista, ond'ella
        plorava il fato d'un amor che giacque.
Vieni, o colomba, a me! La tua signora
        a cantar ti apparò delle sue pene;
        ma io son regina e più infelice ancora;
        t'insegnerò più tristi cantilene».
E Ciriegina verso lei le penne
        spiegò chiamata, e quella in man la prese;

la chiuse in una gabbia, e sì le avvenne
alla nemica sua di esser cortese.

X

O fanciulle, o fanciulle, o stregherelle,
    in questo tristo mondo
    son tormentate le virtù più belle,
    e vanno sempre a fondo;
    ma Dio che paga a sera
    dice all'uomo dabben: «Soffri, ma spera!».
A noi poveri insetti, conoscendo
    che nostra vita è breve,
    tarda assai lo sfogar l'odio tremendo
    per l'ingiuria più leve,
    e fare il mondo a fette
    le nostre a soddisfar pronte vendette.
Ma Dio, pel quale i secoli son nulla,
    è pazïente e giusto;
    lascia fare, anzi ride e si trastulla
    con l'oppressore ingiusto.
    «Fa pure, o maledetto,
    dice — verrà il mio giorno, ed io ti aspetto».
E quando ei men se 'l pensa, ed obbliato
    da sè stesso e da altrui
    crede il proprio delitto, ed esaltato
    pompeggia innanzi a nui;
    ecco, che passa Dio,
    e l'empio ed il suo nome ecco sparìo.
O fanciulle, o fanciulle, o stregherelle,
    io ho sofferto, e bene,
    alta la fronte aver sino alle stelle
    e 'l cor senza catene,
    amare il vero e 'l dritto
    e spreggiare la forza ed il delitto;

. . . .

Era un bel giorno, e per la sua stanzina
    più non passeggia la mesta regina.
    Giace a terra caduta, e cela il volto
    tra le ginocchia, e di sentir le par
    di Dio lo sdegno sopra sè disciolto,
    mentre ogni fallo all'animo le appar:
    ricorda il tradimento, e l'aura intrisa
    crede veder col sangue dell'uccisa.
Era un bel giorno, e nella sua stanzina
    pensoso il principin le si avvicina.
    Sul viso gli appassirono le rose,
    il brio, la giovinezza e la beltà:
    sul capo alla giacente la man pose
    con atto senza amor, ma con bontà.

E Ciriegina in gabbia imprigionata
            gridò: «Mi riconosci, anima ingrata?».
Era un bel giorno, e «Nella tua stanzina
            perchè mesta ten stai così, o regina?»
            le disse il prence, ed al cortese accento
            confortata di lui levossi in pie',
            guatollo con un grato sentimento,
            la man gli prese e disse: «Amato re!».
            E Ciriegina entro la gabbia ria
            gridò saltando: «Quella mano è mia!».
Era un bel giorno, «Se in la mia stanzina
            io fossi morta ahimè! questa mattina.
            Tu mi ami per dovere, e 'l tuo cor bello
            ne soffre, me lo tace, ma io lo so;
            io ti rendo infelice, e nell'avello
            misera! volentieri scenderò:
            questa è l'unica prova, o mio Signore,
            l'unico premio mio per tanto amore».
Era un bel giorno, e nella lor stanzina
            il principe sedeva e la regina.
            L'una piangeva, e l'altro anche commosso
            per consolarla le dicea: «Perchè
            morir tu vuoi, se io ti amo?» — E 'l braccio addosso
            postole, un bacio senza amor le die';
            e Ciriegina nella gabbia stretta
            gridò: «Son baci miei! voglio vendetta!».
Era un bel giorno, e nella lor stanzina
            s'introduceva un'aura pellegrina,
            le fragranze e l'amor della natura
            seco recando e i palpiti dei fior,
            mentre agitavan l'ombra e la frescura
            presso al verone gli alberi di fuor,
            lanciando nella stanza i lor sospiri,
            un nembo di susurri e di desiri.
Era un bel giorno, e nella lor stanzina
            l'aura scotea la serica cortina,
            scoteva i lin del letto, in cui ravvolti
            mille amorini allor parean giocar,
            aprir gli occhi languenti, e i rosei volti
            scoprir furtivamente e tentennar;
            mentre la Voluttà, messosi il dito
            sul labbro, all'opre dell'amor fa invito.
Era un bel giorno, e nella sua stanzina
            al principe si appressa la regina:
            l'arde di amor la febbre, e tremebonda
            la man del prence a stringere non val;
            seco lo trae sull'odorosa sponda
            a sedere del talamo regal;
            ma allora Ciriegina entro la gabbia
            disperate mandò grida di rabbia.

Sparì il bel giorno, e della sua stanzina
    sul terren balza irata la regina;
    apre la gabbia con la man tremante,
    e stringe Ciriegina con furor,
    la quale invano l'ala palpitante
    batteale in viso per placarle il cor;
    e grida: «Augel sinistro, i nostri amori
    perché interrompi col tuo canto? Muori!».

Leve leve, leve leve
    cade il sangue dell'uccello;
    il terren che lo riceve
    fuma come un incensier;
    sorge il fumo bello bello
    come un vergine pensier.
Sopra sè par che trabocche
    tutto immoto e in due diviso,
    e agitando mille ciocche
    ecco tremola un bel crin,
    nel cui mezzo all'improvviso
    esce un volto pellegrin.
Quindi e quinci si dissolve
    due formando eburnee braccia,
    in sè stesso si ravvolve
    vorticoso, ed ecco un sen
    morbidetto oltre si caccia
    come un vel di spuma pien.
Nelle membra indi si asconde
    quel vapor caldo, animato;
    e siccome esce dall'onde
    di speranza astro forier,
    di Ciriegina ecco il rosato
    comparì volto primier.
«Benedetta la mia Croce!
    Il Signor sia benedetto!
    Ei benigno alla mia voce
    prestò orecchio di pietà,
    mi ha tornato il primo aspetto,
    mi ha tornato la beltà».
Così dice, e grazïosa
    spinge un passo sul terreno;
    la regina dolorosa
    cade a terra, mentre il re
    chiude il volto all'altra in seno
    e parlare non potè.

XI

O fanciulle, o fanciulle, o stregherelle,
    l'anima nostra è raggio
    della luce di Dio,
    e vale più del ciel, più delle stelle,
    val più di questo mondo, ov'aspro viaggio
    pien di triboli e spine ella sortìo.
Dio le segna una croce in sulla faccia,
    tre potenze, onde intende,
    vuole, ricorda ed ama;
    poi la manda vêr terra, e la si avaccia
    pellegrina per essa; e mentre scende
    invisibile a tutti, Amor la chiama.
Amor la chiama, che, di lei pietoso,
    di lei povera e nuda,
    le procura un ostello:
    l'avvolge nel più bel bacio amoroso,
    poscia l'apre il sentiero, onde si chiuda
    di casta donna dentro il fianco bello.
Nel carcere materno allor si aggira
    operosa architetta,
    emula al suo Fattore:
    materia inerte attorno a sè rimira;
    avidamente sopra lei si getta
    e la riscalda al suo nativo ardore.
E come or ella suole ad un'idea
    unire idea novella,
    ed altre mille imporre,
    formando un edificio, onde si bea,
    un ideale, tenue mondo, ov'ella,
    lieta dell'opra sua, palpita e scorre;
allora anche così gli atomi grevi
    della materia afferra
    e gli aggiunge amorosa:
    vita lor dona e senso, e colle levi
    ali fiammanti li contorna e serra
    formando il corpo ov'ella alberga e posa.
O fanciulle, o fanciulle, o stregherelle,
    deggiono l'alme in voi
    esser leggiadre assai,
    quando ciascuna di esse or così belle
    si ha composto le membra, e sopra i suoi
    sembianti esterni sparse immensi rai.
Perchè dunque stupir se la bell'alma
    di Ciriegina mia
    prese le forme antiche?
    Ogni alma umana, vedova di salma,

è sostanza incompleta, che desìa
    tornare ai lacci di sue membra amiche.
Quindi a loro si abbraccia affettuosa,
    e con dolor le lascia
    quando la scioglie morte:
    sulle loro rovine dolorosa
    vola, fugge, ritorna, e con ambascia
    tenta invan ricompor le sue ritorte.
Augelletto così sul rotto nido
    piange, maledicendo
    il cacciator villano:
    gli vola attorno con pietoso strido;
    pur si conforta, e di bel nuovo unendo
    va sua casa diletta a mano a mano.
O mesta anima mia! deh, perchè mai,
    quando tue membra care
    avrà la morte infranto,
    al par di augello con dolenti lai
    tu non puoi, riunendole, tornare
    a sparger nuova gioja, e nuovo pianto?
Ben lo potrai, ma quando il sole, oriuolo
    del tempo, avrà suonata
    l'ultima ora del mondo:
    ma finchè dura questa vita, solo
    fu a Ciriegina mia la grazia data
    di ripigliarsi il corpo suo giocondo.
Poter, che dall'amor le fu concesso
    dell'Orco che la fea
    nelle membra immortale.
    Misero! a pro' credea sol di sè stesso
    farla immune da morte, e non sapea
    dovere a pro' di altrui serbarla tale!
O fanciulle, o fanciulle, o stregherelle,
    della donzella mia
    voi rallegra la gloria;
    ma io, per lo Ciel ve 'l giuro e per le stelle,
    provo pietà dell'Orco, e l'alma mia
    con duol prosegue l'intrapresa storia.

«Tutto dunque fu un sogno doloroso?»
    il principe dic[ea . . . . . .]
    Ed ella r[. . . . . .]
    dei s[. . . . . . .]
    Oh! [. . . . . . .]
    Oh! [. . . . . . .]
    [. . . . . . .]
    [. . . . . . .]
. . . .
Alle grazie di Dio riconoscente,
    volle di grazie agli altri esser cortese:

a sé chiamò la Brutta, e dolcemente
le die' perdono, ed obblïò le offese.
Tremando, palpitando la dolente
innanzi [ai pie'] di lei tutta si stese.
[. . . . . . .] pietà più bella
[. . . . . . .]ò sorella.
. . . .
Non odio, non livor le uscìa del viso,
    ma un religioso e nobile stupore,
    benedicendo in lei quel Dio che intriso
    le aveva il volto dei suoi rai di amore;
    e dir pareva agli atti: «Oh! il paradiso
    quanto bello esser dèe! quanto il Signore,
    se fuor dall'inaccessa ombra che il serra
    tanta luce lasciò cadere in terra!».
Or già vôlto era un anno, e Ciriegina
    diceasi madre di leggiadro infante;
    era giovane e bella, era regina,
    era di vago sposo amata amante:
    pur non era felice, e spesso china
    la fronte altri la vide e lacrimante,
    ed involarsi della corte al lieto
    tripudio, per piangere in secreto.
E ben d'onde ne avea; chè spesso, stanca
    mentre in braccio dormìa di suo marito,
    nel sogno si mirò pallida e bianca
    parer l'immago dell'Orco tradito.
    Un braccio sopra il sen, l'altro sul fianco
    la contemplava a lungo: indi, brandito
    acuto stile, la stringea pel crine
    dicendo: «Or ecco! ti ho raggiunto alfine!».
Ella allor si scuotea cacciando un grido,
    sulla madida fronte irta i capelli;
    e del seno facendo al pargol nido
    aspettava del giorno i rai novelli.
    Sorda è ai conforti del consorte fido,
    nè finan di plorar gli occhi suoi belli,
    e teme di veder quando che sia
    vero nel dì ciò che la notte offrìa.
Nè s'ingannava, no: chè dell'oltraggio
    altamente riposto era il pensiere
    nel cor dell'Orco, per cui lasso! il raggio
    d'ogni gioja sparì, ned ha che spere.
    Tutto un anno nell'animo selvaggio
    covò dell'ira le tempeste nere,
    mentre il giardin negletto ed il castello
    in rovine cadea d'intorno ad ello.
Sperando di trovar nella vendetta
    le gioje che negato aveagli amore,
    al palagio regale il passo affretta

quando a mezzo del giorno erano l'ore.
    Nascosto nel giardino, ivi l'aspetta;
    pur di vederla non gli basta il core:
    l'ora che passa pargli lunga assai,
    e insiem desìa che non venisse mai.
Lo strazio, onde gelosa alma è ripiena,
    impicciolito avea la sua statura:
    parea un fanciullo di tre lustri appena,
    d'una soave angelica figura.
    L'idea di tanti secoli di pena
    su quel viso infantil facea paura:
    l'ingenua forma avea dei teneri anni,
    ma il pensiero dei secoli e gli affanni.
E quel vasto pensier, quel duolo eterno
    quando appariva in quel gentil suo viso,
    quando membra sì deboli all'esterno
    scoteva sì, che il duol pareva riso;
    orror destava come se l'inferno
    sul punto stesso fosse e 'l paradiso:
    di tenebre e di lume un misto truce
    tutto bujo non è, né tutto è luce.
Dalle membra divine uscìa un riflesso
    che di luce spargea bianca e vermiglia
    le fronde della siepe a cui sta presso,
    e che pia sovra lui trema e bisbiglia.
    Sopra l'ali raccolte ei sta dimesso
    volgendo a sè d'attorno avide ciglia,
    coll'alma piena di vendetta e amore
    aspettando colei, contando l'ore.
Alfin pur venne — e là dove muscosa
    pietra un molle sedile all'ombra offrìa,
    col pargoletto in braccio ella si posa
    e si guata d'attorno onesta e pia;
    poi denudando del bel sen la rosa,
    all'infante il porgea, che i labbri aprìa;
    mentre ella sopra lui chinata il volto
    sta collo spirto in bianche estasi avvolto.
Un livido pallore ed improviso
    covrì l'Orco tremante a quella vista.
    Ahimè! sì bella, e con sì bello viso,
    così divina ancor non l'avea vista!
    Al verecondo verginal sorriso
    or la beltà materna erari mista;
    in essa il frutto era successo al fiore,
    che maturo dicea: «Coglimi, o amore!».
«Deh! come — egli pensava — Amore e Imene
    tutto han svolto il tesor di sua bellezza!
    Le nevi della gola or son più piene,
    più curvo flutto i fianchi or le carezza!
    Come un mondo di amore or lene, lene

più ricco il sen le balza, e par che spezza
  col suo voluttuoso impeto un velo
  di spuma, e mostri una metà di cielo.
Quanti palpiti e baci, e quanti ardori
  depor di lei nel seno altri ha dovuto,
  perchè il fior chiuso di sui vivi avori
  fosse così or sfoggiato e sì cresciuto!».
  E pensando così, mille furori
  gli lampeggian sul viso in giù caduto;
  poscia soggiunge: «Ah no! non è più quella;
  e un altro ahimè! l'ha così fatta bella!».
E balza in pie', d'aprir deliberato
  in quel sen non più suo mortal ferita;
  poi sta qual uom cui Genio disperato
  mortalmente a ferir sè stesso invita;
  il qual col viso pallido e sformato
  voltasi indietro a salutar la vita,
  a contemplarla per l'estrema volta
  pria che dal proprio acciar gli venga tolta.
E l'Orco stassi, e a contemplar la torna
  per empirsene ed occhi e core ed alma.
  L'altra sospira ed a guardar ritorna
  del figliuolino suo la dolce calma:
  di qua, di là le chiome indi si storna,
  apre le labbra e canta. In sulla palma
  l'Orco declina il viso, e stassi attento
  a beverne l'armonico lamento.

«L'anima, o mio diletto,
  tu suggi a me quando mi suggi il petto,
  e mi sento di gioja e di desire
        morire!
Me con incanto novo
  hai in due diviso, e in te mi cerco e trovo;
  credo mirar tua fronte, e miro in essa
        me stessa.
Tutto è comun tra noi;
  io penso, io sento dentro i sensi tuoi:
  di te a traverso miro il mondo, ed ello
        par bello.
Pure non sei tu mio.
  Dio ti ha creato, e tutto sei di Dio.
  — Me 'l cresci, e di virtù gli sii nutrice! —.
        mi dice.
Ah! non ti possan mai
  tramontar dalla fronte i santi rai
  della croce, di cui qual suo ti ha scôlto
        il volto!
Questo segno di morte,
  di Te, che della vita apri le porte,

posto sul viso bel, mi muove o quanto!
                                    al pianto!
Però mi son più care
        le tue sembianze, e pajonmi un altare:
        tua croce ancor non hai tu col peccato
                                    macchiato!
Senza la Croce, oh! come
        deforme è l'uomo! È un uomo senza nome.
        Prima che a te la strappino gli errori,
                                    deh! muori.
Cresci, fanciullo mio,
        alla virtude, al pianto e insieme a Dio:
        tre cose che van giunte in questo esiglio,
                                    o figlio.
Se mai del Nume eterno
        ti scorderai, rammenta il sen materno;
        e l'idea da quel seno ov'or tu stai,
                                    ne avrai.
Curvo è il cielo sereno,
        e della donna curvo è pure il seno:
        curva è l'Eternità come mammella
                                    anch'ella:
immenso cerchio, in cui
        tutto il genere uman mirando Lui
        tornerà infante, e beverà infinita
                                    la vita!
Cresci, soffri e fa guerra
        perchè il regno di Dio venga qui in terra:
        dei popoli e dei re vinci gli errori,
                                    e muori!
E 'l regno del Signore
        della virtude è il regno e dell'amore,
        quando saranno gli uomini felici
                                    e amici;
quando in fraterno amplesso
        stretti e pregando andranno a Dio d'appresso
        dicendo: — Al ciel nascemmo tutti quanti;
                                    avanti! —».

. . . .
  piove una beltà nuova, un dolor bello,
  un amore che soffre,
  una modesta voluttà che prega;
  e nostra vita allora è una colomba
  che tra canti e preghiere si ravvolge,
  e Dio cercando, il mal combatte e vince.
  Infine l'Orco anch'ei ... Ma, o stregherelle,
  perchè quello sbadiglio?
  Son pur lo stolto! perdonate, o belle;
  moralizzar con voi gli è gran periglio.

L'armonia di quel canto, e la dolcezza
  degli affetti divini ch'esprimea,
  incatenava l'Orco, e la durezza
  della feroce anima sua molcea.
  Così di ammaliato angue si spezza
  con dolce carme la malizia rea.
  Perchè ei venne colà più non rimembra,
  e tai pensieri in suo secreto assembra:
«È bello il cielo col suo sole in grembo,
  è bello il mare colla sua barchetta,
  è bello il ramo da cui pende un nembo
  di frutti che fragranza all'aura getta,
  è bello il fior sorgente sopra un lembo
  della ripa d'un rio corrente in fretta,
  quando il capo piegando sopra l'onda
  in una calma sta meditabonda.
Ma più bella è la madre col suo figlio,
  bianca vela sul mare della Vita,
  sole di amore che le abbaglia il ciglio,
  fior, nel cui grembo un'alma a un'alma è unita;
  onda, che con armonico bisbiglio
  tra le braccia dal sen le è scaturita:
  ah! è un'immagin di Lui... di Lui...» nè Dio
  pronunzïare l'infelice ardìo.
«Egli pure così nel tempo eterno
  tra le ginocchia un pargolo stringea:
  con Lui cercava il Nulla, e 'l vuoto interno
  di mille mondi fertile gli fea:
  con Lui sol, pria che il ciel, pria che l'inferno
  fondasse, riso e favellato avea.
  L'imago all'uomo ahimè! di sè concesse,
  ed alla donna le sue gioje istesse».
E quelle gioje il misero tornava
  a contemplare, e ad obbliar sè stesso;

quando stormîr le frasche, ed ei si alzava,
e alla fanciulla comparì d'appresso.
Die' un grido, e 'l figlio al seno si serrava,
nulla oprando per sè, tutto per esso;
mentre che dal terrore affascinata
colle pupille immobili lo guata.
Ei china il capo, e delle braccia croce
facendo sopra il sen che si alza e freme,
«Ciriegina! — dicea con umil voce —
non son io che ti ho amato? Or perchè teme?
Guardami: son men bello, o più feroce
del dolce tempo che vivemmo assieme?
Teco partendo l'amor tuo partìo,
ma io son rimasto, ed immortale è il mio.
Tu credevi, o fanciulla, che giammai
più non ci avremmo riveduto in terra?
Che così fosse hai tu sperato, ed hai
pregato ancora, se il mio cor non erra.
Ma io son venuto a vagheggiar tui rai,
nè mi spinse desio di farti guerra.
Deh! parla; e se il vedermi ora ti spiace,
andrò lontano, e lascerotti in pace.
Andrò lontano, senza udir parola
da quella bocca dove il Cielo ha un'eco;
vivrò coll'alma eternamente sola
senza portare una parola meco.
Oh! a te che cale, se il dolor m'invola
parte dell'alma, se la gioja è teco?
Pur la tua gioja non invidio or io;
duolmi ch'opra non è dell'amor mio».
La bella donna prese cuore alquanto,
e benigna rispose: «Angiol mio buono,
me molto il tuo dolor commove e 'l pianto,
ma secura io vivea del tuo perdono.
Cresciuta, amata non mi hai forse? E, oh quanto,
dei beneficî tuoi grata ti sono!
Chiedi alla mia riconoscenza ormai
una prova, un ricordo, e tu l'avrai».
Mesto l'Orco sorrise, e poi riprese:
«Una prova? Un ricordo? Or nulla io voglio.
Ben altra prova l'amor mio ti chiese
un tempo, e in te rinvenni ingrato orgoglio.
Deh! perchè mi lasciasti, e orror ti prese
di tuo povero amico? Intender voglio
tutto dalle tue labbra, e bramo io stesso
te innocente trovar di tanto eccesso».
E la donna rispose: «Ecco! sincera
ti parlerò, poichè tu stesso il vuoi.
Maggior di mia beltà la tua ben era;
degli occhi miei, più begli erano i tuoi.

Or se la donna per bellezza impera,
come amore poteva esser tra noi?
se mai potuto dirti io non avrei
— Di te più bella me adorar tu dèi? —.
Tanti secoli poi, che nulla traccia
lasciato avean sul tuo viso giocondo,
mi atterrìano — , e temea levar la faccia
vêr chi veduto avea nascere il mondo.
Di quegli antichi abissi la minaccia
credea di udire di tuo petto in fondo;
e al tuo cospetto mi sentiva io, lassa!
qual polve sulla quale il vento passa».
Poscia soggiunse ridendo e graziosa:
«La donna, e tu pur sai ch'io parlo il vero,
ha sempre da celare qualche cosa
all'occhio dell'amante ed al pensiero;
dèe talora ingannarlo, e capricciosa
mostrargli l'alma sua dentro un mistero,
dentro un velo, che agitato ognor disvela
un nuovo oggetto, e poi di nuovo il cela.
Ma a te, che col pensiero addentro vai
negli arcani del mondo e in quei del Cielo,
nascondere io potea qual cosa mai,
e dire appresso a me: — Ciò non gli svelo —?
Offerta nuda ai tuoi potenti rai
sarìasi l'alma mia senza alcun velo,
e tu letto vi avresti i nuovi inganni,
che all'amore ogni dì dan nuovi vanni.
E poi — dire il dovrò? — secreto istinto
mi allontanava dalla tua natura,
restando il cuore mio preso ed avvinto
all'amor di mortale crëatura.
Da tali affetti fu il mio pie' sospinto
a fuggire lontan dalle tue mura;
pure, se questo ti conforta alquanto,
fuggendo, sappi, avea sugli occhi il pianto».
Tacque la bella donna, e da pietate
dipinto sovra lui fermava il viso;
mentre egli, le pupille al ciel levate,
parea da tristi idee vinto e conquiso.
Poscia esclamò: «Gli è ver! la tua beltate
esser preda dovea del primo riso
dell'uom, solo per cui Quegli, che adori,
crëò la donna ed i fecondi amori.
Ah! se agli angioli suoi simil la sorte
negli anni eterni avesse ahimè! largito,
se avesse lor concesso una consorte,
una compagna in quel Vuoto infinito;
non mai, non mai contro l'eterne porte
d'angel pugnato avrìa drappello ardito,

ned io nemico a Lui caduto fora
da pene a pene, e in altre pene ancora.
Deh! quale gioja a me di quel potere
sterile e vano, ch'ei ci avea concesso?
Novelli astri formar, novelle sfere,
nuovi mondi produr n'era permesso:
ma io no, non divideva il mio piacere
con una donna che mi stesse appresso;
ma quei mondi, e quegli astri erano spenti,
senza amor, senza riso e senza accenti.
Non eran del mio cor, di quel tesoro
di smanie e di desii, pur vive parti:
non essi in me, ned io viveva in loro;
eran gli esseri nostri estranei e sparti.
Venirti attorno non vedeansi a coro
a riderti, a guardarti, a favellarti.
Ah! non eran miei figli! Opre leggiadre
erano sì; ma io no, non era padre!».
Lo udìa l'altra commossa, e a lui rivolta,
dicea con confortevoli parole:
«Ah! tu sei così savio, io così stolta,
nè donarti consiglio il mio cor puote.
Pur io penso, che Lui, che l'ampia volta
curvò del cielo e in mezzo pose il sole,
diverse grazie ma egualmente care
ha seminato in terra, in cielo e in mare.
Se agli angeli negò le gioje umane,
all'uomo anche negò le gioje vostre;
nostre nature son tra lor lontane,
quindi diverse son le sorti nostre:
m'ambe felici; chè ambe alle fontane
bevon di Vita nell'eterne chiostre.
E' premio eguale all'uomo e all'angel Dio:
Egli è il tuo guiderdone, ed Egli è il mio.
Deh! a che non torni, da umiltà compunto,
alla sedia perduta e al Nume antico?
Un sol sospiro, un desiderio, un punto,
una lacrima può fargliti amico.
L'angiol non fu crëato all'uom congiunto
perchè nel calle della vita obblico
fosse guida a costui, fosse fratello
e ritornasse in cielo insiem con ello?».
L'Orco guatolla, e parve intenerito,
chè quasi il pianto gli venìa sui rai.
«Donna! — poi disse — pria che ad altro lito
l'ira propria o l'altrui mi tragga ormai,
al tuo povero amante, al tuo tradito
nessuna grazia a chiedere tu hai?».
E la donna su lui gli sguardi pose
tenerissimamente, e gli rispose:

. . . .

La Donna

Dell'opere d'Iddio
     la femina fu l'ultima, e però
     fu la più bella:
     di superar sè stesso ebbe desio,
     e tutta quanta la sua possa oprò
     d'intorno a quella.
Soltanto nel poscritto
     rivelasi l'amante, e scopre piú
     dell'alma il fondo;
     e la femina a dritto
     può dirsi che il poscritto arcano fu
     del nostro mondo;
ch'è senza lei un volume
     privo d'indice, chiuso, e niun ne appar
     pregio palese;
     ma, d'un bell'occhio al lume,
     l'uomo lesse nel mondo, e palpitar
     tutto l'intese.
Da argilla insensitiva
     con l'ignobil natal l'uomo sortì
     men calda vita;
     ma da una costa viva,
     ma dal cuore di lui la donna uscì
     di fuoco empita.
Cosí di lei la salma
     è un vasto cuore ove per tutto ardor
     trovasi, e moto:
     ha in ogni fibra un'alma,
     una segreta gioja, ed un d'amor
     piacere ignoto.
Un bel vaso è il suo cuore,
     ov'i pennelli, onde le cose ornò,
     Iddio deterse;
     quindi il vario colore
     delle creature in cor di lei meschiò
     tinte diverse.
Tutte le tinte, tutte
     degli esseri le vite in lei riunir
     volle il Signore;
     qualità belle e brutte,
     ogni vizio e virtude, ogni gioïr,
     ogni dolore.
Con stupor, con spavento
     la prima donna rimirâr dal Ciel

gli angiol bëati,
cadder dal firmamento
a Dio ribelli, ed il funero vel
squarciar dei fati.
Lei vide l'uomo, e morte
e dolore, ed esilio e povertà
subito elesse,
a patto che la sorte
di goder quella fragile beltà
anche ottenesse.
O debole crëatura,
del mondo l'armonie valse a turbar
la beltà tua!
Ne pianse la natura,
e Dio provossi invano a ristorar
l'opera sua.
O alber dal fatal pomo,
che morte e vita in sè contiene, e dà
glorie e sventure,
n'ebbe morte il prim'uomo;
ma che perciò? cogliam quel pomo, ed ah!
morissi io pure!

Cosenza, 1845